Sun Tzu the Strategist

Sun Tzu the Strategist

A Story in Easy Chinese, Pinyin and English

760 Word Chinese Vocabulary

by Lawrence Wang

Published in the United States by Imagin8 Press LLC, Verona, Pennsylvania, US. For information, contact us via email at info@imagin8press.com.

Our books may be purchased directly in quantity at a reduced price, visit www.imagin8press.com for details.

Imagin8 Press, the Imagin8 logo and the sail image are all trademarks of Imagin8 Press LLC.

Written by Lawrence Wang
Edited by Jeff Pepper and Xiao Hui Wang
Cover artwork by NextMars, Liuyang, China
Audiobook narration by Junyou Chen

ISBN: 978-1959043805
Version 3.0

Acknowledgements

Many thanks to the team at Next Mars for their cover artwork, Elaine Mao for translating the story into English, Jeff Pepper and Xiao Hui Wang for editing the manuscript, Jia Mei Beh and Arnaud Ysmal for proofreading the Chinese and pinyin, and Junyou Chen for narrating the free YouTube audiobook.

Audiobook

A complete Chinese language audio version of this book is available free of charge. To access it, go to YouTube.com and search for the Imagin8 Press channel. There you will find audiobooks for this and many other books.

You can also visit our website, www.imagin8press.com, to find a direct link to the YouTube audiobook, as well as information about our other books.

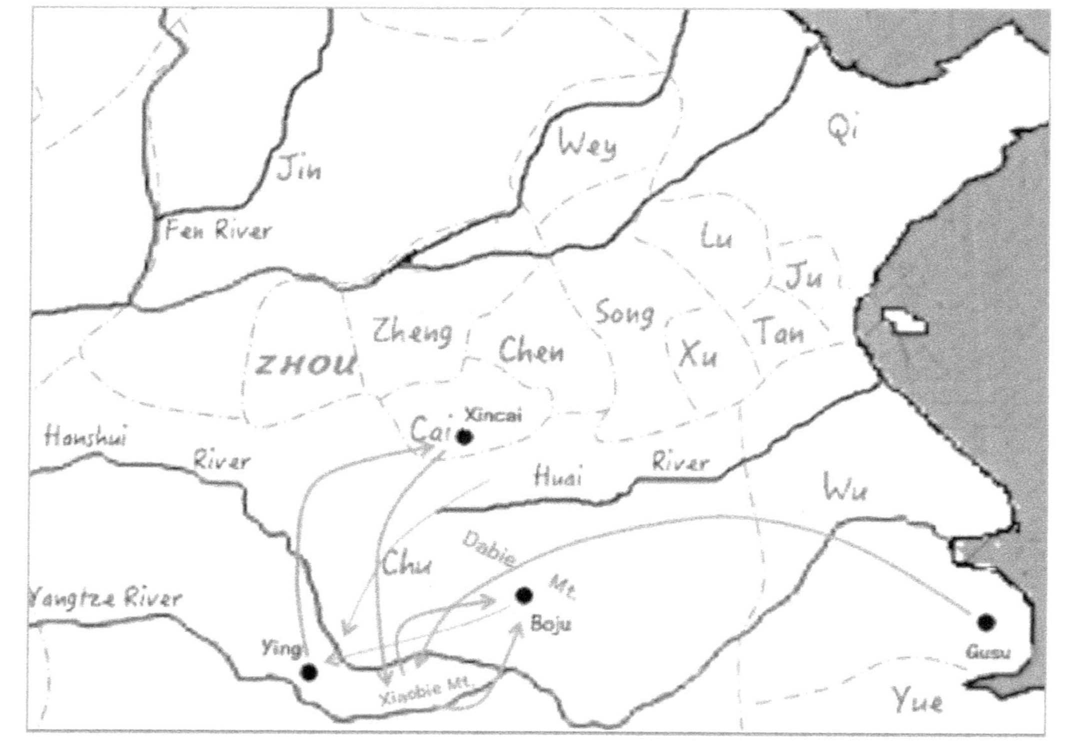

Jin
Wey
Qi
Fen River
Lu
Ju
Zheng
Song
Tan
ZHOU
Chen
Xu
Hanshui
River
Xincai
Cai
Huai
River
Wu
Yangtze River
Chu
Dabie
Mt.
Boju
Ying
Xiaobie Mt.
Gusu
Yue

About the Cover

The cover illustration shows Sun Wu (kneeling with pointer) meeting with his patron, King Helü of Wu, on the eve of the great battle of Boju, the decisive battle of the war fought in 506 BC between Wu and Chu. Sun Wu, later known as Sunzi in China and Sun Tzu in the West, is showing the king a map of the area, with arrows indicating movement of troops. The insurgent Wu army was victorious even though it was outnumbered nearly ten-to-one by the defending Chu. Almost the entire Chu army of 200,000 to 300,000 soldiers was captured or killed.

The map on the cover is based on a more detailed map in Wikipedia, shown on the facing page[1].

Did the battle of Boju really happen as described in this book? Probably not. The *Zuozhuan* (左传, meaning "The Zuo Tradition") is an Chinese history of the Spring and Autumn period which is the primary source of information about the battle. It does not mention Sun Wu at all.

Sun Wu's life was the stuff of legend, and in fact it's not known for certain if he even existed as a historical figure. And as for *The Art of War*, it might have been written by Sun Wu, or it might be a compilation of wisdom of other anonymous authors. No one knows.

---

[1] Adapted from "Battle of Boju," via Wikimedia Commons, licensed under CC BY-SA 4.0.

Contents

Introduction

More than two thousand years ago, during a time known as the Warring States period, China was not one country but many. Powerful kingdoms fought endless wars for territory, influence, and survival. It was an era of shifting alliances, betrayals, and sudden attacks. In the midst of this chaos, a thinker named Sun Wu—now known in the West as Sun Tzu, and in China as Sunzi, meaning Master Sun—quietly wrote a book that would outlast every warlord and every kingdom of his age.

Today, *The Art of War* is the most famous military text in the world. But it is not a book about swords and chariots. It is a book about the human mind. Sun Tzu believed that understanding your opponent was more important than overpowering him. He taught that the best victory is the one that does not require fighting at all. His words, though written long ago, feel surprisingly modern: "To win a hundred battles is not the highest excellence. To subdue the enemy without fighting is the highest excellence."

Sun Tzu's life remains mysterious. Some scholars say he served as a general in the state of Wu, where he helped defeat stronger enemies with clever strategy. Others argue that *The Art of War* was not written by one man, but is a collection of wisdom from several thinkers. Either way, the ideas in the book are clear and consistent, built on the belief that preparation, discipline, and flexibility are the keys to victory.

The Art of War is not only a historical artifact. It is a living document, studied and used by people in every field. In ancient

Japan, Sun Tzu's ideas shaped the training of samurai warriors. In Renaissance Europe, generals and kings quoted his rules. In modern times, his teachings have reached military academies, government offices, sports teams, and business schools across the globe. Even tech entrepreneurs and professional gamers use his advice.

Why has *The Art of War* lasted so long? Partly because it is short, clear, and practical. But more importantly, because it speaks to something universal: the fear of conflict, the desire to overcome, and the challenge of making good decisions in difficult situations. Sun Tzu does not promise easy success. Instead, he offers something deeper: an approach to conflict that begins with the mind, not the sword.

He teaches that battles are won long before the fighting begins. A wise leader, he says, observes the land, understands the enemy, and waits for the right moment to act. Good strategy is invisible. Good leadership is calm. Victory is not about pride or cruelty, but about understanding how the world works and using that understanding to shape events.

This book presents Sun Tzu's ideas through story and dialogue. It is not a word-for-word translation of the original text, but a retelling that helps modern readers—especially those learning Chinese—grasp the main points. Through scenes of discussion, instruction, and reflection, we meet a version of Sun Tzu who speaks directly to students, soldiers, and leaders alike.

(If you are interested in reading the complete text in English, with a step-by-step translation from the original Chinese and helpful explanatory notes, we highly recommend *The Art of War: A Step-*

by-Step Translation by Jeff Pepper and Xiao Hui Wang.)

For language learners, this book also offers a clear, approachable path into classical Chinese thought. It uses mostly HSK3 vocabulary, with some HSK4. The pinyin and English translation support comprehension while encouraging deeper engagement with the original Chinese.

Reading *The Art of War* is not about learning to fight battles. It is about learning how to think clearly, act wisely, and respond to difficulty with patience and insight. It is about learning when to move and when to wait, when to speak and when to remain silent, and when to stand firm and when to let go.

In a time when conflict—whether personal, political, or global—feels ever-present, Sun Tzu's calm and steady voice still offers hope. He reminds us that strength does not mean force, and that the greatest leaders are often the ones who avoid war, rather than win it.

Sūnzǐ Zhànlüèjiā

Dì Yī Zhāng:

Guìzú Shàonián de Juédìng

Bīng zhě,

Guó zhī dàshì,

Sǐshēng zhī dì,

Cúnwáng zhī dào,

Bùkě bù chá yě.

"Sūnzǐ Bīngfǎ" Dì Yī Zhāng

孙子战略家

第一章：
贵族少年的决定

兵者，
国之大事，
死生之地，
存亡之道，
不可不察也。

《孙子兵法》第一章

Sūn Wǔ chūshēng zài Qíguó de yí gè guìzú jiāzhōng. Tā de yéye hé bàba dōu shì zhòngyào guānyuán, dōu dàiguò bīng. Tā bàba měitiān zài jiā jiāo Sūn Wǔ kàn dìtú, xiězì, hái jiǎng dàibīng de gùshi. Tā māma zuòfàn, xǐyī, zhàogù tāmen yìjiārén.

Sūn Wǔ cóngxiǎo cōngming. Tā bù xǐhuan chūqù wán, ér gèng xǐhuan ānjìng. Tā xǐhuan yí gè rén zuò zài wū lǐ kànshū. Tā zuì ài kàn de shì jiǎng guòqù de bīngshū. Tā hái ài kàn dìtú, tā chángcháng zìjǐ xīnli xiǎng, yào zěnme dàibīng cái huì yíng?

Yǒu yì tiān, tā bàba dài tā qù kàn shìbīng xùnliàn. Shìbīngmen zhěngqí de zhàn chéng yì pái, yǒu rén hǎnhuà, yǒu rén

孙武[2]出生在齐国的一个贵族家中。他
的爷爷和爸爸都是重要官员，都带过
兵。他爸爸每天在家教孙武看地图、写
字，还讲带兵的故事。他妈妈做饭、洗
衣，照顾他们一家人。

孙武从小聪明。他不喜欢出去玩，而更
喜欢安静。他喜欢一个人坐在屋里看
书。他最爱看的是讲过去的兵书。他还
爱看地图，他常常自己心里想，要怎么
带兵才会赢？

有一天，他爸爸带他去看士兵训练。士
兵们整齐地站成一排，有人喊话，有人

---

[2] He was called Sun Wu (孙武, Sūn Wǔ) during his lifetime, and that is the
name we use for him in this book. Later, he was known in China as Sunzi
(孙子, Sūnzǐ), meaning "Master Sun." When 孙子 was converted to
western characters in the late 1800s using the Wade-Giles romanization
system, it became Sun Tzu, which is the name commonly used today in the
West.

jǔ dāo, yǒu rén pǎobù. Sūn Wǔ zhàn le hěn jiǔ. Tā wèn bàba, "Yí gè shìbīng zuòcuò le shì, huì zěnmeyàng?"

Tā bàba shuō, "Jūnrén yào tīng mìnglìng. Rúguǒ bù tīng mìnglìng, jiù huì chū dà wèntí."

Méiguò duōjiǔ, guówáng ràng yí wèi hěn yǒumíng de jiāngjūn dàibīng. Zhè wèi jiāngjūn hěn shǒu guīju, bùguǎn duìfāng shì shuí, zhǐyào zuòcuò le, jiù yào chǔlǐ. Yǒu yì tiān, guówáng de yí wèi qīnqi lái wǎn le. Jiāngjūn ràng rén bǎ tā dàizǒu, shuō yào àn jūnfǎ chǔlǐ.

Hěn duō guìzú bù gāoxìng, shuō jiāngjūn bù gěi guówáng miànzi. Guówáng tīngshuō hòu yě shēngqì, shuō, "Zhèyàng de rén, búyòng." Zhè wèi jiāngjūn bèi mìnglìng huíjiā, bú zài dàibīng. Huíjiā hòu, tā yòu shēngqì, yòu shāngxīn, yòu hàipà, tiāntiān shuì bù hǎo, hòulái shēng le bìng, guò

举刀，有人跑步。<u>孙武</u>站了很久。他问爸爸，"一个士兵做错了事，会怎么样？"

他爸爸说，"军人要听命令。如果不听命令，就会出大问题。"

没过多久，国王让一位很有名的将军带兵。这位将军很守规矩，不管对方是谁，只要做错了，就要处理。有一天，国王的一位亲戚来晚了。将军让人把他带走，说要按军法处理。

很多贵族不高兴，说将军不给国王面子。国王听说后也生气，说，"这样的人，不用。"这位将军被命令回家，不再带兵。回家后，他又生气，又伤心，又害怕，天天睡不好，后来生了病，过

le jǐ tiān jiù sǐ le.

Sūn Wǔ tīng le zhè jiàn shì, hěn chījīng. Tā méi xiǎngdào, yí gè shǒu guīju, zuò duì shì de rén, què bù néng liúzhù zìjǐ de gōngzuò.

Jǐ tiān hòu, tā de bàba yě chū le shì. Tā zài hé biérén shuōhuà shí, shuō le yìxiē fǎnduì guówáng de huà, bèi rén jìxià le, Qíwáng tīngshuō hòu hěn bù gāoxìng. Cóng nà yǐhòu, tā bàba jiù zài yě bù néng qù gōngzuò le. Jiālǐ de rén dōu biànde hěn xiǎoxīn, tā māma yě tiāntiān tànqì.

Nà tiān wǎnshang, Sūn Wǔ yí gè rén zuò zài yuànzi lǐ, kànzhe tiān. Tā wèn zìjǐ, "Yí gè guójiā rúguǒ bù tīng zhēnhuà, bú ràng dǒng dǎzhàng de rén liú xiàlái, zěnme néng dǎ shèngzhàng?"

Dì'èr tiān zǎoshang, tā wèn bàba, "Nà wèi jiāngjūn zuò

了几天就死了。

孙武听了这件事，很吃惊。他没想到，一个守规矩、做对事的人，却不能留住自己的工作。

几天后，他的爸爸也出了事。他在和别人说话时，说了一些反对国王的话，被人记下了，齐王听说后很不高兴。从那以后，他爸爸就再也不能去工作了。家里的人都变得很小心，他妈妈也天天叹气。

那天晚上，孙武一个人坐在院子里，看着天。他问自己，"一个国家如果不听真话，不让懂打仗的人留下来，怎么能打胜仗？"

第二天早上，他问爸爸，"那位将军做

cuò le shénme?"

Tā bàba shuō, "Tā méi cuò, tā zhǐshì jiǎng le zhēnhuà."

Sūn Wǔ tīng le, gèng xiǎng líkāi le. Tā xīnli xiǎng, "Wǒ bù néng yìshēng zhǐ kàn biérén zài dǎzhàng, wǒ yào qù shì yi shì."

Chī wǎnfàn shí, tā duì māma shuō, "Wǒ yào qù nánfāng hěn yuǎn de Wúguó."

Tā māma yì tīng, mǎshàng wèn, "Nǐ yí gè rén? Nà tài yuǎn le."

Sūn Wǔ diǎndian tóu, shuō, "Wǒ tīngshuō nánfāng yǒu gè guówáng zài zhǎo néng dàibīng de rén."

Tā de māma méi zài duō shuō shénme. Tā gěi tā zuò le chī de, yòu bǎ tā bàba liúxià de jǐ běn shū zhuāng jìn le tā

错了什么？”

他爸爸说，“他没错，他只是讲了真话。”

孙武听了，更想离开了。他心里想，“我不能一生只看别人在打仗，我要去试一试。”

吃晚饭时，他对妈妈说，“我要去南方很远的吴国。”

他妈妈一听，马上问，“你一个人？那太远了。”

孙武点点头，说，“我听说南方有个国王在找能带兵的人。”

他的妈妈没再多说什么。她给他做了吃的，又把他爸爸留下的几本书装进了他

de bāo lǐ. Tā duì tā shuō, "Nǐ yào duō xiǎng, búyào tīng huàirén de huà."

Dì'èr tiān zǎoshang, Sūn Wǔ bēi qǐ bāo, zǒuchū jiāmén. Dāng tā zǒu dào ménkǒu shí, kànjiàn tā de māma zhàn zài nàlǐ. Tā zǒu guòqù, shuō, "Wǒ huì huílái de."

Tā chuānguò jiēdào, zǒuchū chéngmén. Fēng hěn lěng, tā lājǐn le yīfu. Tā bù zhīdào qiánmiàn yǒu duō yuǎn, yě bù zhīdào zìjǐ huì yùdào shénme. Dàn tā zhīdào, tā bù néng zài liú zài zhèlǐ le.

Nà tiān, tā zuò le yí gè juédìng. Tā yào líkāi Qíguó, yào zǒu tā zìjǐ de bīngfǎ zhī lù.

的包里。她对他说，"你要多想，不要听坏人的话。"

第二天早上，<u>孙武</u>背起包，走出家门。当他走到门口时，看见他的妈妈站在那里。他走过去，说，"我会回来的。"

他穿过街道，走出城门。风很冷，他拉紧了衣服。他不知道前面有多远，也不知道自己会遇到什么。但他知道，他不能再留在这里了。

那天，他做了一个决定。他要离开<u>齐国</u>，要走他自己的兵法之路。

Dì Èr Zhāng: Shān Zhōng Xiū Shū

Gù bīng guì shèng,

Bú guì jiǔ,

Gù zhī bīng zhī jiàng,

Shēngmín zhī sīmìng,

Guójiā ānwēi zhī zhǔ yě.

"Sūnzǐ Bīngfǎ" Dì Èr Zhāng

第二章：
山中修书

故兵贵胜，
不贵久，
故知兵之将，
生民之司命，
国家安危之主也。

《孙子兵法》第二章

Sūn Wǔ yílù nánxià, zǒu le hěn duō tiān. Tā cóng dà chéngshì zǒu dào xiǎo cūnzi, cóng rén duō de lù zǒu dào ānjìng de shānlù.

Tā zǒu de bú kuài, yě bù hé rén shuōhuà. Shānlǐ zhǐyǒu fēngshēng, niǎojiàoshēng hé tā de jiǎobùshēng.

Tā biān zǒu biān xiǎng, "Wǒ yào qù nǎr? Wǒ zhēnde néng zuòchéng jiàn dàshì ma?"

Tā lái dào Wúguó, zài shānxià de yí gè xiǎo cūnzi lǐ zhùxià. Zhèlǐ rén shǎo, hěn ānjìng, yě méiyǒu zhànzhēng.

Tā zhù zài yì jiān xiǎowū lǐ, měitiān kàn zhújiǎn, huà dìtú, yě qù shānshàng zǒuzou.

Cūnlǐ rén bú tài rènshi tā, zhǐ juéde tā zhège rén hěn ānjìng, yǒushí huì zhànzhe xiǎng yì zhěng tiān.

Tā tiāntiān dú lǎo de bīngfǎshū, xiǎngzhe zìjǐ de wèn

孙武一路南下，走了很多天。他从大城
市走到小村子，从人多的路走到安静的
山路。

他走得不快，也不和人说话。山里只有
风声、鸟叫声和他的脚步声。

他边走边想，"我要去哪儿？我真的能
做成件大事吗？"

他来到吴国，在山下的一个小村子里住
下。这里人少，很安静，也没有战争。

他住在一间小屋里，每天看竹简、画地
图，也去山上走走。

村里人不太认识他，只觉得他这个人很
安静，有时会站着想一整天。

他天天读老的兵法书，想着自己的问

tí. Tā yìbiān dú, yìbiān wèn zìjǐ, "Dǎzhàng yídìng yào liú hěn duō xiě ma? Qiángdà jiù yídìng néng yíng ma? Rúguǒ néng bù dǎzhàng jiù shèng, shì bu shì gèng hǎo?"

Yǒu yì tiān, tā zuò zài wūwài, kànzhe shānshàng de yún. Tā xiǎng, "Dǎzhàng bú shì wèi le dǎzhàng, ér shì wèi le bú zài dǎzhàng."

Tā pǎo jìn wū lǐ, bǎ zhè jù huà xiě zài zhújiǎn shàng. Tā xiǎng, "Yěxǔ zhè jiù shì wǒ de kāipiān."

Cóng nà tiān qǐ, tā měitiān xiě yìdiǎn. Tā méiyǒu xiě de hěn kuài, ér shì měitiān xiǎng, měitiān gǎi. Tā xiǎng xiě de bú shì zěnme dǎzhàng, ér shì zěnme qù xiǎng, zěnme qù zuò, zěnme bú luàn.

Tā xiě dào, "Bīng zhě, guǐ dào yě." Zhè yìsi shì

题。他一边读，一边问自己，"打仗一定要流很多血吗？强大就一定能赢吗？如果能不打仗就胜，是不是更好？"

有一天，他坐在屋外，看着山上的云。他想，"打仗不是为了打仗，而是为了不再打仗。"

他跑进屋里，把这句话写在竹简上。他想，"也许这就是我的开篇。"

从那天起，他每天写一点。他没有写得很快，而是每天想、每天改。他想写的不是怎么打仗，而是怎么去想，怎么去做，怎么不乱。

他写道，"兵者，诡道也。"这意思是

bù shuō zhēnhuà, ràng biérén kàn cuò, zǒu cuò, xiǎng cuò. Tā xiě dào, "Xiān shèng ér hòu zhàn." Yào xiān sīkǎo, zài xíngdòng. Búyào xiān dǎ, zài xīwàng néng shèng.

Tā cháng xiǎngqǐ tā de bàba. Tā xiǎng, "Rúguǒ bàba zài, wǒmen yídìng huì yìqǐ tǎolùn zhège de."

Tā yě xiǎngqǐ nàge lǎo jiāngjūn. Tā xiǎng, "Rúguǒ nàge rén yǒu zhè běn shū, yěxǔ tā jiù bú huì nàme zǎo jiù sǐ le."

Tā bǎ zhújiǎn yí piàn yí piàn zhěngqí de fàng hǎo, tiāntiān dú, tiāntiān gǎi. Tā shuō, "Zhè bú shì gěi guówáng de, shì gěi nàxiē zhēnzhèng xiǎng dàibīng de rén kàn de."

Yìxiē cūnlǐ de xiǎohái lái kàn tā, yǒu rén tōutōu tīng tā shuōhuà, zài pǎo huíqù jiǎng gěi jiārén tīng.

Yǒu yì tiān xià dàyǔ, tā jiā de wūdǐng lòushuǐ. Tā bǎ

不说真话，让别人看错、走错、想错。
他写道，"先胜而后战。"要先思考，
再行动。不要先打，再希望能胜。

他常想起他的爸爸。他想，"如果爸爸
在，我们一定会一起讨论这个的。"

他也想起那个老将军。他想，"如果那
个人有这本书，也许他就不会那么早就
死了。"

他把竹简一片一片整齐地放好，天天
读，天天改。他说，"这不是给国王
的，是给那些真正想带兵的人看的。"

一些村里的小孩来看他，有人偷偷听他
说话，再跑回去讲给家人听。

有一天下大雨，他家的屋顶漏水。他把

zhújiǎn bāo qǐlái, fàng dào gāochù, shuō, "Zhèxiē bǐ shíwù hái zhòngyào."

Guò le hěn duō tiān, tā zhōngyú xiěwán le. Tā kànzhe zhè shísān piān zhújiǎn, shuō, "Zhèxiē shì wǒ yòngxīn xiěxià de, tāmen lǐmiàn yǒu wǒ yìshēng de zhēn dàolǐ."

竹简包起来，放到高处，说，"这些比食物还重要。"

过了很多天，他终于写完了。他看着这十三篇竹简，说，"这些是我用心写下的，它们里面有我一生的真道理。"

Dì Sān Zhāng: Wǔ Zǐxū Yèfǎng

Shàng bīng fá móu,

Qícì fá jiāo,

Qícì fá bīng,

Qí xià gōng chéng.

"Sūnzǐ Bīngfǎ" Dì Sān Zhāng

第三章：
<u>伍子胥</u>夜访

上兵伐谋，
其次伐交，
其次伐兵，
其下攻城。

《<u>孙子兵法</u>》第三章

Zhè tiān wǎnshang, tiān gāng hēi, Sūn Wǔ zhèng zhǔnbèi shuìjiào, jiù tīngjiàn ménwài yǒu rén jiào tā de míngzi. Tā zǒu chūqù, kànjiàn yí gè zhǎng de hěn gāo de rén zhàn zài ménqián. Nà rén chuānzhe jiù yīfu, liǎn shàng hěn rènzhēn.

Nà rén kànzhe tā shuō, "Nǐ shì Qíguó lái de Sūn Wǔ ma? Wǒ zǎo tīngshuō guò nǐ, xīwàng xiàng nǐ xuéxí. Wǒ shì Wǔ Zǐxū, Wúguó de jiāngjūn."

Sūn Wǔ tīngdào zhège míngzi, xīnli yí dòng. Tā tīngshuō guò zhège rén, dàjiā dōu zhīdào tā hěn kànzhòng réncái, hěn xiǎng bāngzhù Wúguó biàn qiáng.

Tā mǎshàng qǐng Wǔ Zǐxū jìn wū. Liǎng rén zuòxià hòu, búyòng duō huà, zhíjiē tǎolùn qǐ bīngfǎ.

Wǔ Zǐxū shuō, "Wǒ bú shì lái hé nǐ zhēnglùn de, wǒ shì lái xuéxí de. Wúguó yǒu jūnduì hé wǔqì, dàn méiyǒu xiàng nǐ zhèyàng de rén. Wǒ kàndào nǐ xiě de zhújiǎn.

这天晚上，天刚黑，孙武正准备睡觉，就听见门外有人叫他的名字。他走出去，看见一个长得很高的人站在门前。那人穿着旧衣服，脸上很认真。

那人看着他说，"你是齐国来的孙武吗？我早听说过你，希望向你学习。我是伍子胥，吴国的将军。"

孙武听到这个名字，心里一动。他听说过这个人，大家都知道他很看重人才，很想帮助吴国变强。

他马上请伍子胥进屋。两人坐下后，不用多话，直接讨论起兵法。

伍子胥说，"我不是来和你争论的，我是来学习的。吴国有军队和武器，但没有像你这样的人。我看到你写的竹简。

Nǐ jiǎng de hěn qīngchu, yě jiǎng de hěn tèbié. Wǒ cónglái méi jiǎnguò zhèyàng de bīngshū."

Sūn Wǔ diǎn le diǎntóu, shuō, "Wǒ zhǐshì bǎ wǒ kàndào de, xiǎngdào de, xuédào de dōu xiě xiàlái. Bú shì wèi guówáng xiě de, shì wèi dàibīng de rén xiě de."

Wǔ Zǐxū kànzhe tā, shuō, "Nǐ yuàn bu yuànyì jiàn Wúwáng? Xiànzài zhèng shì jīhuì."

Sūn Wǔ xiǎng le xiǎng, shuō, "Yí gè guówáng, zhǐ kàn shènglì, bù kànzhòng dàolǐ. Tā zhēnde huì tīng wǒ shuō zhèxiē ma?"

Wǔ Zǐxū xiàozhe yáotóu, shuō, "Tā bù dǒng bīngfǎ, dàn tā zhīdào shuí dǒng. Tā xìn wǒ, wǒ xìn nǐ."

Tāmen jìxù shuōzhe. Sūn Wǔ náchū tā de tú, jiǎng shìbīng de biànhuà, xíngjūn de fāngfǎ, gōngxīn de jìqiǎo.

你讲得很清楚，也讲得很特别。我从来没见过这样的兵书。"

孙武点了点头，说，"我只是把我看到的、想到的、学到的都写下来。不是为国王写的，是为带兵的人写的。"

伍子胥看着他，说，"你愿不愿意见吴王？现在正是机会。"

孙武想了想，说，"一个国王只看胜利，不看重道理。他真的会听我说这些吗？"

伍子胥笑着摇头，说，"他不懂兵法，但他知道谁懂。他信我，我信你。"

他们继续说着。孙武拿出他的图，讲士兵的变化、行军的方法、攻心的技巧。

Tā hái jiǎng le "guǐdào" zhè liǎng ge zì. Tā shuō, "Zhēnzhèng de qiángdà, bú shì kuàimàn, bú shì dàxiǎo, shì bú bèi fāxiàn."

Wǔ Zǐxū tīng de hěn rènzhēn. Tā shuō, "Wǒ cháng dǎzhàng, dàn nǐ shuō de, wǒ cóngméi tīngshuō guò." Tā tàn le yì kǒu qì, shuō, "Chǔguó qiángdà, Wúguó nèiluàn. Rúguǒ wǒmen xiǎng yào dǎzhàng, bìxū xiān yào hé zìjǐ de xīn zhàndòu."

Tiān kuài liàng le, wū lǐ de dēng hái liàngzhe. Wàimiàn de fēngshēng yuè lái yuè dà, wū lǐ què hěn ānjìng. Wǔ Zǐxū zhàn qǐlái, shuō, "Wúguó yào hé Chǔguó dǎzhàng. Wǒmen bùjǐn xūyào bīngfǎ, wǒmen hái xūyào rénxīn."

Sūn Wǔ kànzhe tā, qīngshēng shuō, "Wǒ kěyǐ qù. Dàn wǒ zhǐ jiǎng bīngfǎ, bù jiǎng hǎotīng de huà."

Wǔ Zǐxū xiào le, shuō, "Nǐ shuō de, zhèng shì Wúguó xiànzài xūyào de."

他还讲了"诡道"这两个字。他说，"真正的强大，不是快慢，不是大小，是不被发现。"

<u>伍子胥</u>听得很认真。他说，"我常打仗，但你说的，我从没听说过。"他叹了一口气，说，"<u>楚国</u>强大，<u>吴国</u>内乱。如果我们想要打仗，必须先要和自己的心战斗。"

天快亮了，屋里的灯还亮着。外面的风声越来越大，屋里却很安静。<u>伍子胥</u>站起来，说，"<u>吴国</u>要和<u>楚国</u>打仗。我们不仅需要兵法，我们还需要人心。"

<u>孙武</u>看着他，轻声说，"我可以去。但我只讲兵法，不讲好听的话。"

<u>伍子胥</u>笑了，说，"你说的，正是<u>吴国</u>现在需要的。"

Dì Sì Zhāng: Bīngfǎ Rùgōng

Yòngbīng zhī fǎ,

Wú shì qí bù lái,

Shì wú yǒuyǐ dàizhī

"Sūnzǐ Bīngfǎ" Dì Sì Zhāng

第四章：
兵法入宫

用兵之法，
无恃其不来，
恃吾有以待之

《孙子兵法》第四章

Sūn Wǔ hé Wǔ Zǐxū lái dào Wúguó dūchéng, gōngmén qián shìbīng hěn duō, tāmen děng le hěn jiǔ cái ràng jìnqù.

Wúwáng Hé Lǘ zuò zài dàdiàn shàng. Tā gāng cóng zhànchǎng huílái, liǎn shàng hái yǒu shāng.

"Nǐ jiù shì Sūn Wǔ?" Wúwáng shàngxià kàn tā, "Kànqǐlái zhǐshì gè dúshūrén."

Sūn Wǔ xínglǐ, shuō, "Wǒ xiě le yì běn bīngfǎshū, yígòng shísān piān."

Tā náchū yì dié zhěngqí páihǎo de zhújiǎn, shuāngshǒu chéngshàng tāmen.

Wúwáng jiēguò tāmen, kāishǐ dú le qǐlái, yuánběn tā bú tài zàiyì, dàn yuè dú yuè rènzhēn. Tā zhòuméi, diǎntóu, sīkǎo.

Guówáng shuō, "'Bīng zhě, guó zhī dàshì.' Nǐ shuō

孙武和伍子胥来到吴国都城，宫门前士兵很多，他们等了很久才让进去。

吴王阖闾坐在大殿上。他刚从战场回来，脸上还有伤。

"你就是孙武？"吴王上下看他，"看起来只是个读书人。"

孙武行礼，说，"我写了一本兵法书，一共十三篇。"

他拿出一叠整齐排好的竹简，双手呈上它们。

吴王接过它们，开始读了起来，原本他不太在意，但越读越认真。他皱眉、点头、思考。

国王说，"'兵者，国之大事。'你说

de duì, dǎzhàng guānhū shēngsǐ." Zhè shì dì yī cì Wúwáng kàn Sūn Wǔ de yǎnshén yǒu le biànhuà.

"Nǐ de xiǎngfǎ hé biérén bù yíyàng, nǐ jiǎng de 'bú zhàn ér shèng' hé 'xiān zhī hòu xíng', wǒ yǐqián méi tīngshuō guò."

Sūn Wǔ diǎntóu. "Bú shì rén duō jiù néng yíng, yě bú shì qiáng jiù yídìng néng shēng. Zhòngyào de shì fāngfǎ, shíjī, rénxīn."

Wúwáng zǒu dào chuāngbiān, kànzhe yuǎnchù de jūnyíng, shuō, "Wǒmen hé Chǔguó dǎ le hěn duō nián le, dōu méi yíng. Yěxǔ, wǒmen zhēn de zuòcuò le.

得对，打仗关乎生死。"这是第一次吴王看孙武的眼神有了变化。

"你的想法和别人不一样，你讲的'不战而胜'和'先知后行'，我[3]以前没听说过。"

孙武点头。"不是人多就能赢，也不是强就一定能胜。重要的是方法、时机、人心。"

吴王走到窗边，看着远处的军营，说，"我们和楚国打了很多年了，都没赢。也许，我们真的做错了。"

---

[3] During Sun Wu's lifetime, rulers used 我 (wǒ) when referring to themselves. Later, during the reign of Qin Shi Huang, the founder of the Qin Dynasty and the first emperor of China, the word 我 was replaced by 朕 (zhèn), similar to the "royal we" used by European rulers. That is why King Helü refers to himself here as 我 instead of 朕.

Tā huítóu kàn Sūn Wǔ, méitóu wēi zhòu, "Kěshì nǐ zhǐshì xiě shū. Nǐ zhēnde néng dàibīng dǎzhàng ma?"

Sūn Wǔ huídá shuō, "Wǒ cóngxiǎo yánjiū zhànzhēng. Wǒ xiāngxìn, wǒ kěyǐ yòng wǒ xiě de bànfǎ qù shìshi."

Wúwáng zuò xià, bù shuōhuà. Tā kànzhe nà shísān piān zhújiǎn, xīnzhōng yǒuxiē dòngyáo. Tā yòu kànzhe Wǔ Zǐxū, "Nǐ gēnzhe wǒ duōnián le, cóng bù shuō jiǎhuà. Nǐ zhēn xìn tā?"

Wǔ Zǐxū diǎntóu, "Wǒ jiànguò hěn duō bīngfǎjiā, dàn zhǐyǒu tā jiǎng de yǒu dàolǐ. Wǒ xìn tā."

Wúwáng xiào le, "Nà yào zěnme xìn? Zǒng bù néng ràng tā jīntiān jiù qù dǎzhàng ba?"

Sūn Wǔ kànzhe Wúwáng, rènzhēn de shuō, "Wǒ bù xūyào qù dǎzhàng. Zhǐyào gěi wǒ yìxiē rén, wǒ jiù néng ràng guó

他回头看<u>孙武</u>，眉头微皱，"可是你只是写书。你真的能带兵打仗吗？"

<u>孙武</u>回答说，"我从小研究战争。我相信，我可以用我写的办法去试试。"

<u>吴王</u>坐下，不说话。他看着那十三篇竹简，心中有些动摇。他又看着<u>伍子胥</u>，"你跟着我多年了，从不说假话。你真信他？"

<u>伍子胥</u>点头，"我见过很多兵法家，但只有他讲得有道理。我信他。"

<u>吴王</u>笑了，"那要怎么信？总不能让他今天就去打仗吧？"

<u>孙武</u>看着<u>吴王</u>，认真地说，"我不需要去打仗。只要给我一些人，我就能让国

wáng zhīdào, wǒ shuō de huà shì zhēnde."

Wúwáng lái le xìngqù, "Ó? Nǐ xiǎng shì? Nǐ xiǎng yào shénme rén?"

Sūn Wǔ dīshēng shuō, "Gōngnǚ."

Wúwáng yì tīng, xiān shì lèngzhù, jiēzhe dàxiào, "Nǐ yào ràng tāmen dāng bīng? Tāmen zhǐ huì tiàowǔ hé chànggē."

Sūn Wǔ píngjìng de shuōdào, "Shuí tīng mìnglìng, shuí jiù néng dāng bīng."

Wúwáng xiàozhe shuō, "Hǎo, nà wǒ jiù bǎ tāmen jiāo gěi nǐ. Nǐ lái xùnliàn tāmen." Tā kànzhe Sūn Wǔ, yǎnzhōng dàizhe tiáopí, "Wǒ dào yào kànkan, nǐ zhè 'shū shàng bīngfǎ,' shì bu shì néng yòng zài zhèxiē nǚzǐ shēnshang."

王知道，我说的话是真的。"

吴王来了兴趣，"哦？你想试？你想要什么人？"

孙武低声说，"宫女。"

吴王一听，先是愣住，接着大笑，"你要让她们当兵？她们只会跳舞和唱歌。"

孙武平静地说道，"谁听命令，谁就能当兵。"

吴王笑着说，"好，那我就把她们交给你。你来训练她们。"他看着孙武，眼中带着调皮，"我倒要看看，你这'书上兵法'，是不是能用在这些女子身上。"

Dì Wǔ Zhāng: Gōngnǚ Biàn Shìbīng

Lìng sù xíng yǐ jiāo qí mín,

zé mín fú;

Lìng sù bù xíng yǐ jiāo qí mín,

zé mín bù fú,

Lìng sù xíng zhě,

yǔ zhòng xiāng dé yě.

"Sūnzǐ Bīngfǎ" Dì Wǔ Zhāng

第五章：
宫女变士兵

令素行以教其民，
则民服；
令素不行以教其民，
则民不服，
令素行者，
与众相得也。

《孙子兵法》第五章

Dì'èr tiān yì zǎo, Sūn Wǔ ānjìng de zhàn zài gōngqián de xiǎo guǎngchǎng shàng. Tiān hái méi liàng, dàn tā zǎoyǐ zhàn zài nàlǐ. Qīngfēng qīng chuī, dìshàng hái yǒu yèlǐ de lùshuǐ. Shìbīngmen zǎoyǐ lièduì zhàn hǎo, děngdài xùnliàn de kāishǐ.

Gōngmén mànman dǎkāi, yìbǎi míng gōngnǚ zǒu le chūlái. Tāmen chuān de hěn zhěngqí, dàn bú zài shì chuānzhe wǔyī, ér shì huànshàng le jiǎndān de xùnliànfú. Tāmen yìbiān zǒu, yìbiān xiǎoshēng shuōxiào, duì yào fāshēng de shìqing juéde hěn hàoqí.

Sūn Wǔ méiyǒu xiào, yě méiyǒu shuōhuà. Tā zhǐshì jìngjìng de kànzhe tāmen. Děng tāmen dōu zhàn hǎo hòu, tā cái zǒushàng qián. Tā shuō, "Jīntiān nǐmen bú chànggē, yě bú tiàowǔ. Nǐmen yào xuéxí zěnme tīng mìnglìng, zěnme xiàng shìbīng nàyàng xùnliàn."

第二天一早，<u>孙武</u>安静地站在宫前的小广场上。天还没亮，但他早已站在那里。清风轻吹，地上还有夜里的露水。士兵们早已列队站好，等待训练的开始。

宫门慢慢打开，一百名宫女走了出来。她们穿得很整齐，但不再是穿着舞衣，而是换上了简单的训练服。她们一边走，一边小声说笑，对要发生的事情觉得很好奇。

<u>孙武</u>没有笑，也没有说话。他只是静静地看着她们。等她们都站好后，他才走上前。他说，"今天你们不唱歌，也不跳舞。你们要学习怎么听命令，怎么像士兵那样训练。"

Tīng dào zhè huà, yǒu jǐ gè nǚzǐ xiào chū shēng lái. Yí gè rén xiǎoshēng shuō, "Wǒmen shì nǚzǐ, bú huì zhēnde qù dǎzhàng, wèishénme yào xué zhège?"

Sūn Wǔ kànzhe tāmen, shuō, "Bīngfǎ shuō, píngshí jiù chángcháng àn mìnglìng xùnliàn shìbīng, shìbīng jiù huì fúcóng. Rúguǒ píngshí bú àn mìnglìng xùnliàn, shìbīng jiù bú huì tīngcóng."

Jiēzhe, tā jiǎng le yìxiē zuì jīběn de jūnduì jìlǜ. Shénme shì zuǒ zhuǎn, shénme shì yòu zhuǎn, tīngjiàn "zǒu" jiù zǒu, tīngjiàn "tíng" jiù tíng. Tā xuǎn le liǎng gè Wúwáng zuì xǐ'ài de qīzi zuò duìzhǎng, ràng tāmen zhàn zài qiánpái, dàiduì liànxí.

Dì yī cì liànxí shí, yǒu rén tīngcuò fāngxiàng, yǒu rén zhuǎn de tài màn, hái yǒu rén yìzhí zài tōuxiào. Sūn Wǔ méi shēngqì, zhǐshì yòu jiǎng le yí cì.

听到这话，有几个女子笑出声来。一个人小声说，"我们是女子，不会真的去打仗，为什么要学这个？"

孙武看着她们，说，"兵法说，平时就常常按命令训练士兵，士兵就会服从。如果平时不按命令训练，士兵就不会听从。"

接着，他讲了一些最基本的军队纪律。什么是左转，什么是右转，听见"走"就走，听见"停"就停。他选了两个吴王最喜爱的妻子做队长，让她们站在前排，带队练习。

第一次练习时，有人听错方向，有人转得太慢，还有人一直在偷笑。孙武没生气，只是又讲了一次。

Dì'èr cì, yǒuxiē nǚzǐ biàn de rènzhēn le, dàn háishi yǒu bùshǎo rén zài shuōhuà, zǒulái-zǒuqù. Sūn Wǔ de liǎnsè kāishǐ biàn de rènzhēn qǐlái. Tā tíng xiàlái, kàn le kàn Wúwáng.

Wúwáng Hé Lǘ xiàozhe shuō, "Hǎo le, tāmen zhǐshì gōngnǚ, bié tài rènzhēn."

Sūn Wǔ méiyǒu xiào. Tā zhuǎntóu kàn xiàng duì lǐ de liǎng gè duìzhǎng, "Rúguǒ tāmen tīng bu dǒng mìnglìng, nà shì wǒ de cuò. Dàn sān cì zhīhòu hái tīng bu dǒng, nà jiù shì tāmen de wèntí."

Nǚzǐmen tīng le zhè huà, liǎnsè dōu biàn le. Tāmen zhīdào Sūn Wǔ shì rènzhēn de.

Sūn Wǔ zàicì hǎn mìnglìng. Zhè yí cì, dàduōshù rén dōu zuò de hěn hǎo. Dòngzuò zhěngqí, méiyǒu rén zài xiào le.

第二次，有些女子变得认真了，但还是有不少人在说话、走来走去。<u>孙武</u>的脸色开始变得认真起来。他停下来，看了看<u>吴王</u>。

<u>吴王阖闾</u>笑着说，"好了，她们只是宫女，别太认真。"

<u>孙武</u>没有笑。他转头看向队里的两个队长，"如果她们听不懂命令，那是我的错。但三次之后还听不懂，那就是她们的问题。"

女子们听了这话，脸色都变了。她们知道<u>孙武</u>是认真的。

<u>孙武</u>再次喊命令。这一次，大多数人都做得很好。动作整齐，没有人再笑了。

61

Tā diǎndian tóu, shuō, "Búcuò, zhè cái shì zhēnzhèng de jūnduì de yàngzi."

Wúwáng Hé Lǘ zuòzhí le shēntǐ, liǎn shàng de xiào méi le. Tā méiyǒu xiǎngdào, zhèxiē nǚzǐ zhēnde kāishǐ xiàng jūnrén le. Tā dīshēng shuō, "Yěxǔ, tā zhēnde néng dàibīng."

Xùnliàn yìzhí jìxù dào zhōngwǔ, tàiyáng hěn dà, tiānqì fēicháng rè. Dàn Sūn Wǔ zhùyì dào, liǎng gè duìzhǎng què háishi bú rènzhēn, tāmen xiǎoshēng shuōhuà, hái xiào le qǐlái, hǎoxiàng bù bǎ Sūn Wǔ dāng huí shì. Qítā de nǚrén kàndào duìzhǎng zhèyàng, yě kāishǐ yǒu shuō yǒu xiào, bú rènzhēn liànxí.

Sūn Wǔ tíng xiàlái, hěn rènzhēn de kànzhe nà liǎng gè duìzhǎng. Zhè liǎng gè duìzhǎng shì Wúwáng zuì xǐhuan de qīzi. Sūn Wǔ shēngqì de shuō, "Mìnglìng yǐjīng hěn qīngchu le,

他点点头，说，"不错，这才是真正的军队的样子。"

吴王阖闾坐直了身体，脸上的笑没了。他没有想到，这些女子真的开始像军人了。他低声说，"也许，他真的能带兵。"

训练一直继续到中午，太阳很大，天气非常热。但孙武注意到，两个队长却还是不认真，她们小声说话，还笑了起来，好像不把孙武当回事。其他的女人看到队长这样，也开始有说有笑，不认真练习。

孙武停下来，很认真地看着那两个队长。这两个队长是吴王最喜欢的妻子。孙武生气地说，"命令已经很清楚了，

kě nǐmen hái zhèyàng, zhè shì duìzhǎng de wèntí."
Tā mǎshàng ràng shìbīng bǎ zhè liǎng gè nǚrén shā
le. Dàjiā dōu hěn hàipà, yě hěn chījīng.

Wúwáng zhàn qǐlái, xiǎng yào zǔlán. Dàn Sūn Wǔ
kànzhe tā shuō, "Jūnrén de mìnglìng bù néng gǎi!
Bìxià, nín shì xiǎng yào yì zhī tīnghuà de jūnduì,
háishi yào liǎng gè bù tīnghuà de qīzi?" Wúwáng
yíxiàzi lèngzhù le, bù zhīdào gāi zěnme huídá. Cóng
nà yǐhòu, dàjiā dōu bù gǎn shuōxiào le, yě kāishǐ
rènzhēn liànxí le.

Zuìhòu, tā zhuǎnxiàng Wúwáng, shuō, "Zài dàibīng
de shíhou, wǒmen bùguǎn tāmen shì shuí, zhǐ kàn
tāmen shì bu shì tīng mìnglìng. Zhǐyào yǒu xīn,
rénrén dōu kěyǐ chéngwéi shìbīng."

Wúwáng Hé Lǘ méiyǒu shuōhuà. Tā zhàn qǐlái,
zǒuxià tái, kàn le kàn Sūn Wǔ, yòu kàn le kàn zhàn
de bǐzhí de

可你们还这样，这是队长的问题。”他马上让士兵把这两个女人杀了。大家都很害怕，也很吃惊。

吴王站起来，想要阻拦。但孙武看着他说，“军人的命令不能改！陛下，您是想要一支听话的军队，还是要两个不听话的妻子？”吴王一下子愣住了，不知道该怎么回答。从那以后，大家都不敢说笑了，也开始认真练习了。

最后，他转向吴王，说，“在带兵的时候，我们不管他们是谁，只看他们是不是听命令。只要有心，人人都可以成为士兵。”

吴王阖闾没有说话。他站起来，走下台，看了看孙武，又看了看站得笔直的

nǚzǐmen. Ránhòu, tā zhuǎnshēn zǒu huí diànzhōng,
zhǐ liúxià yí jù huà, "Xiàcì nǐ lái dàibīng ba."

女子们。然后，他转身走回殿中，只留
下一句话，"下次你来带兵吧。"

67

Dì Liù Zhāng: Wújūn Dì Yī Zhàn

Bīng zhě,

Guǐ dào yě.

"Sūnzǐ Bīngfǎ" Dì Liù Zhāng

第六章：
吴军第一战

兵者，诡道也。

《孙子兵法》第六章

Sūn Wǔ zhàn zài dìtú qián, kànzhe zhuō shàng fàngzhe de xiǎo qízi. Tā yǐjīng zài Wúguó yì nián le. Wúwáng hěn mǎnyì tā xùnliàn jūnduì de fāngfǎ, xǔduō guānyuán yě kāishǐ duì tā guāmùxiāngkàn. Xiànzài, zhēnzhèng de jīhuì lái le.

Wúguó yào chūbīng le.

Zhè yí cì, shì yào dǎ Chǔguó de yí zuò xiǎochéng. Zhè bú shì yì chǎng dàzhàn, dàn què shì Sūn Wǔ dì yī cì dàibīng shàng zhànchǎng. Wúwáng xiǎng kànkan, tā shì bu shì zhēnde néng zài zhànchǎng shàng yě zuò de hěn hǎo.

Sūn Wǔ méiyǒu jízhe shuō kěyǐ. Tā wèn le hěn duō wèntí, chéngqiáng yǒu duō gāo? Chéngwài yǒu méiyǒu shuǐ? Yǒu duōshǎo díbīng? Chénglǐ de rén pà bu pà wǒmen?

Wǔ Zǐxū duì Sūn Wǔ shuō, "Dàjiā dōu xiǎng kàn nǐ zěnme dǎ. Nǐ yídìng yào yíng."

孙武站在地图前，看着桌上放着的小旗子。他已经在吴国一年了。吴王很满意他训练军队的方法，许多官员也开始对他刮目相看。现在，真正的机会来了。

吴国要出兵了。

这一次，是要打楚国的一座小城。这不是一场大战，但却是孙武第一次带兵上战场。吴王想看看，他是不是真的能在战场上也做得很好。

孙武没有急着说可以。他问了很多问题，城墙有多高？城外有没有水？有多少敌兵？城里的人怕不怕我们？

伍子胥对孙武说，"大家都想看你怎么打。你一定要赢。"

Sūn Wǔ diǎntóu, dàn tā xīnli míngbai, dǎzhàng bù zhǐshì kào yǒngqì. Tā sīkǎo de hěn rènzhēn. Tā zhīdào zhè yī zhàn, shì ràng guówáng, guìzú, hé shìbīngmen kànkan tā suǒ néng zuò shénme.

Chūfā nà tiān, tiān hái méi liàng. Sūn Wǔ chuānshàng qīngbiàn de yīfu, dàibīng chū le chéng. Tā mìnglìng duìwǔ zǒu de zhěngzhěngqíqí, bù néng shuōxiào, bù néng luàndòng.

Dì yī tiān tāmen zǒu de hěn yuǎn, hěn duō shìbīng jiǎo zǒu téng le, yǒu rén tōutōu bàoyuàn, "Zhè bú shì dǎzhàng, shì zǒu shānlù a!" Dàn méi rén gǎn dàshēng shuō chūlái. Dào le wǎnshang, Sūn Wǔ ānpái rén zhǎo shuǐ, zuòfàn, hái mìnglìng shìbīng lúnliú kānshǒu yíngdì. Tā zìjǐ yě méiyǒu shuì, ér shì zuò zài huǒ biān kàn dìtú.

Dì'èr tiān, kuài dào díchéng shí, Sūn Wǔ tíng le xiàlái. Tā méiyǒu mǎshàng gōngchéng, ér shì mìnglìng rén bǎ bīng fēnchéng

孙武点头，但他心里明白，打仗不只是靠勇气。他思考得很认真。他知道这一战，是让国王、贵族、和士兵们看看他所能做什么。

出发那天，天还没亮。孙武穿上轻便的衣服，带兵出了城。他命令队伍走得整整齐齐，不能说笑，不能乱动。

第一天他们走得很远，很多士兵脚走疼了，有人偷偷抱怨，"这不是打仗，是走山路啊！"但没人敢大声说出来。到了晚上，孙武安排人找水、做饭，还命令士兵轮流看守营地。他自己也没有睡，而是坐在火边看地图。

第二天，快到敌城时，孙武停了下来。他没有马上攻城，而是命令人把兵分成

sān duì. Yí duì cóng xībian shàngshān, yí duì cóng nánbian kào shuǐ zǒu, tā zìjǐ dài zuìhòu yí duì zǒu zhōngjiān.

Tā ràng shìbīngmen wǎnshang diǎnhuǒ, bǎ huǒ fēnkāi fàng, kànqǐlái hǎoxiàng yǒu hěn duō bīng yíyàng. Tā hái mìnglìng rén zhuāngzuò zuòfàn, shēng le hěn duō huǒ, kànqǐlái hǎoxiàng tāmen zài zhǔnbèi yì chǎng dàzhàn yíyàng. Dì'èr tiān, tā yòu ràng suǒyǒu rén miè le huǒ, bú zuòfàn, ràng dírén yǐwéi Wújūn yǐjīng méiyǒu liángshi le, bù xiǎng dǎzhàng le.

Dì sān tiān zǎoshang, dírén fàngsōng le xiàlái, tāmen hái ràng rén chūqù zhǎo shuǐ. Sūn Wǔ mìnglìng rén kuàisù gōng, zuǒbian hé yòubian de bīng yìqǐ chūdòng, hěn kuài gōng jìn chéng lǐ. Dírén méiyǒu zhǔnbèi, yíxiàzi luàn le. Sūn Wǔ jìn le chéng, méiyǒu shā duōshǎo rén, zhǐ zhuā le jǐ gè guānyuán. Tā ràng shìbīng qù ānmín, bùxǔ shìbīng jìn bǎixìng de jiā, bùxǔ ná dōngxi.

三队。一队从西边上山，一队从南边靠水走，他自己带最后一队走中间。

他让士兵们晚上点火，把火分开放，看起来好像有很多兵一样。他还命令人装作做饭，生了很多火，看起来好像他们在准备一场大战一样。第二天，他又让所有人灭了火、不做饭，让敌人以为<u>吴军</u>已经没有粮食了，不想打仗了。

第三天早上，敌人放松了下来，他们还让人出去找水。<u>孙武</u>命令人快速攻，左边和右边的兵一起出动，很快攻进城里。敌人没有准备，一下子乱了。<u>孙武</u>进了城，没有杀多少人，只抓了几个官员。他让士兵去安民，不许士兵进百姓的家，不许拿东西。

Yí gè shìbīng tōutōu de bǎ bǎixìng de dōngxi cáng zài shēnshang, bèi Sūn Wǔ fāxiàn. Tā bǎ nà rén jiào dào dàjiā miànqián, shuō, "Yào yíngdé zhànzhēng, bù zhǐshì kào dāo, hái yào kào rénxīn. Tōu dōngxi de shìbīng bú shì hǎo shìbīng." Tā mìnglìng rén bǎ dōngxi huán huíqù, yòu ràng nà rén zài dàjiā miànqián dàoqiàn.

Zhàn hòu, Sūn Wǔ zài chéngzhōng jiǎng le zhè cì yòngbīng de dàolǐ. Tā shuō, "Dírén shì bu shì qiángdà, bù zhǐshì kàn tāmen de dāo hé tāmen de rén, hái yào kàn tāmen de xīn hé tāmen de yǎnjing. Zhǐyào nǐ néng kàn de qīng, xiǎng de kuài, zuò de zhǔn, jiù néng yíng."

Xiāoxi chuán dào Wúwáng ěr zhōng, tā dàxiào sān shēng, shuō, "Zhè cái shì zhēnzhèng néng dàibīng zhī rén."

一个士兵偷偷地把百姓的东西藏在身上，被<u>孙武</u>发现。他把那人叫到大家面前，说，"要赢得战争，不只是靠刀，还要靠人心。偷东西的士兵不是好士兵。"他命令人把东西还回去，又让那人在大家面前道歉。

战后，<u>孙武</u>在城中讲了这次用兵的道理。他说，"敌人是不是强大，不只是看他们的刀和他们的人，还要看他们的心和他们的眼睛。只要你能看得清、想得快、做得准，就能赢。"

消息传到<u>吴王</u>耳中，他大笑三声，说，"这才是真正能带兵之人。"

Dì Qī Zhāng: Pí Chǔ Zhī Jì

Gù xíng rén ér wǒ wú xíng,

Zé wǒ zhuān ér dí fēn.

"Sūnzǐ Bīngfǎ" Dì Qī Zhāng

第七章：
疲楚之计

故形人而我无形，
则我专而敌分。

《孙子兵法》第七章

Sūn Wǔ zhàn zài Wúguó de jūnyíng zhōng, kànzhe yuǎnfāng de shān. Tā de xīnli fēicháng qīngchu, Wúguó yào xiǎng zhēnzhèng chéngwéi yí gè qiángguó, jiù yídìng yào dǎbài Chǔguó.

Dàn Chǔguó tài dà le, bīng duō dì guǎng. Yào zhèngmiàn kāizhàn, Wúguó méiyǒu jīhuì yíng. Sūn Wǔ bù xiǎng yòng hěn duō rén de mìng qù huàn yí gè bù yídìng néng yíng de jiéguǒ. Tā kāishǐ xiǎng biéde bànfǎ.

Tā yánjiū dìtú, kàn le Chǔguó gèdì de shuǐlù hé shānlù. Tā hái jiào rén qù wèn zuò shēngyi de rén, Chǔguó nǎlǐ rén duō, nǎlǐ bīng qiáng, nǎlǐ de rén bú kuàilè.

Tā gàosu Wúwáng, "Yào dǎ Chǔguó, wǒmen bù néng jí. Wǒmen yào ràng tāmen lèi. Ràng tāmen tiāntiān pǎo, tiāntiān pà, bù zhīdào wǒmen zài nǎlǐ, bù zhīdào wǒmen huì bu huì dǎ."

Wúwáng shuō, "Nǐ de huà hěn tèbié, bú xiàng biéde jiāng

孙武站在吴国的军营中，看着远方的
山。他的心里非常清楚，吴国要想真正
成为一个强国，就一定要打败楚国。

但楚国太大了，兵多地广。要正面开
战，吴国没有机会赢。孙武不想用很多
人的命去换一个不一定能赢的结果。他
开始想别的办法。

他研究地图，看了楚国各地的水路和山
路。他还叫人去问做生意的人，楚国哪
里人多，哪里兵强，哪里的人不快乐。

他告诉吴王，"要打楚国，我们不能
急。我们要让他们累。让他们天天跑，
天天怕，不知道我们在哪里，不知道我
们会不会打。"

吴王说，"你的话很特别，不像别的将

jūn shuō de. Dàn wǒ xìn nǐ."

Sūn Wǔ kāishǐ xíngdòng. Tā ràng jūnduì fēnchéng jǐ gè xiǎoduì, měi duì qù bùtóng de dìfāng, yǒushí chūxiàn zài běibian, yǒushí yòu zài nánbian. Měi cì Chǔjūn tīngshuō Wújūn lái le, jiù jímáng zhǔnbèi. Tāmen yǒushí chūbīng, yǒushí shǒuchéng, dàn měi cì dōu méi kàndào Wújūn de zhǔlì.

Chǔjūn tiāntiān jǐnzhāng, bīng yě lèi, xīn yě luàn. Tāmen kāishǐ wèn, "Wújūn dàodǐ yào gàn shénme? Tāmen wèishénme lái le yòu zǒu, zǒu le yòu lái?"

Sūn Wǔ yòu ràng rén fàngchū jiǎ xiāoxi, shuō Wújūn yào dǎ zhōngbù de yí gè dàchéng. Chǔjūn tīng le, mǎshàng bǎ bīng cóng biéde dìfāng diào qù nàlǐ. Děng tāmen yí dào, fāxiàn shénme dōu méiyǒu.

Zhèyàng guò le sān gè yuè, Chǔguó bīnglì fēnsàn, bǎixìng yě bù āndìng. Yǒu rén kāishǐ táolí chéngshì, shāngrén bù

军说的。但我信你。"

孙武开始行动。他让军队分成几个小队，每队去不同的地方，有时出现在北边，有时又在南边。每次楚军听说吴军来了，就急忙准备。他们有时出兵，有时守城，但每次都没看到吴军的主力。

楚军天天紧张，兵也累，心也乱。他们开始问，"吴军到底要干什么？他们为什么来了又走，走了又来？"

孙武又让人放出假消息，说吴军要打中部的一个大城。楚军听了，马上把兵从别的地方调去那里。等他们一到，发现什么都没有。

这样过了三个月，楚国兵力分散，百姓也不安定。有人开始逃离城市，商人不

gǎn chūxíng. Chǔwáng yě fán le, tā duì dàchénmen shuō, "Wújūn yìzhí bù dǎ, zhǐ ràng wǒmen tiāntiān dòng. Tāmen xiǎng yào zuò shénme?"

Zhèshí, Sūn Wǔ ràng shǐzhě qù Chǔguó, shuō, "Wújūn zǎoyǐ zhǔnbèi hǎo le. Dàn wǒmen bù xiǎng dǎ yì chǎng ràng bǎixìng shòukǔ de zhàng, yě bù xiǎng dǎ yì chǎng méiyǒu yìyì de zhàng. Wǒmen xiànzài bú dòng, shì gěi nǐmen yí gè jīhuì."

Zhè huà chuán chū hòu, Chǔguó nèibù gèng bù'ān le. Yǒu rén kāishǐ huáiyí wáng de nénglì, yě yǒu rén shuō Sūn Wǔ tài kěpà le, bú xiàng yí gè niánqīng de jiāngjūn.

Wúwáng wèn Sūn Wǔ, "Nǐ xiànzài kěyǐ dǎ le ma?"

Sūn Wǔ xiàozhe shuō, "Tāmen de xīn yǐjīng luàn le. Wǒmen búyòng zháojí, zài ràng tāmen lèi yí gè yuè, dào shíhou, tāmen zìjǐ huì dǎbài zìjǐ de."

敢出行。楚王也烦了，他对大臣们说，
"吴军一直不打，只让我们天天动。他
们想要做什么？"

这时，孙武让使者去楚国，说，"吴军
早已准备好了。但我们不想打一场让百
姓受苦的仗，也不想打一场没有意义的
仗。我们现在不动，是给你们一个机
会。"

这话传出后，楚国内部更不安了。有人
开始怀疑王的能力，也有人说孙武太可
怕了，不像一个年轻的将军。

吴王问孙武，"你现在可以打了吗？"

孙武笑着说，"他们的心已经乱了。我
们不用着急，再让他们累一个月，到时
候，他们自己会打败自己的。"

Dì Bā Zhāng: Bǎijǔ Dàshèng

Gōng qí wú bèi,

Chū qí bú yì.

"Sūnzǐ Bīngfǎ" Dì Bā Zhāng

第八章：
柏举大胜

攻其无备，
出其不意。

《孙子兵法》第八章

Wújūn yìzhí zài zhǔnbèi. Tāmen méiyǒu mǎshàng jìngōng, ér shì mànman de ràng Chǔguó jūnduì pílèi, bù'ān. Jǐ gè yuè hòu, Chǔguó jūnduì yǐjīng hěn pílèi le, hěn duō shìbīng xiǎng huíjiā, hěn duō rén bù xiǎng zài dǎzhàng le.

Zhèshí, Sūn Wǔ gàosu Wúwáng, "Xiànzài kěyǐ dǎ le. Wǒmen yào qù Bǎijǔ, nàlǐ de Chǔbīng bù qiáng."

Wúwáng diǎntóu, Sūn Wǔ dàizhe dàjūn chūfā le. Tāmen zǒu de hěn kuài, dàn hěn ānjìng. Kuài dào Bǎijǔ shí, Sūn Wǔ ràng shìbīngmen wǎnshang xiūxi, zǎoshang chūfā. Tā shuō, "Wǒmen yào ràng tāmen yǐwéi wǒmen bú huì lái le."

Chǔjūn tīngshuō Wújūn lái le, hěn kuài jiù qù Bǎijǔ. Tāmen yǐwéi Sūn Wǔ huì zàicì líkāi, bú huì dǎ. Jiāngjūnmen méiyǒu ràng shìbīng zuò hǎo zhǔnbèi, zhǐshì shuō, "Tā

吴军一直在准备。他们没有马上进攻，
而是慢慢地让楚国军队疲累、不安。几
个月后，楚国军队已经很疲累了，很多
士兵想回家，很多人不想再打仗了。

这时，孙武告诉吴王，"现在可以打
了。我们要去柏举，那里的楚兵不
强。"

吴王点头，孙武带着大军出发了。他们
走得很快，但很安静。快到柏举时，孙
武让士兵们晚上休息，早上出发。他
说，"我们要让他们以为我们不会来
了。"

楚军听说吴军来了，很快就去柏举。他
们以为孙武会再次离开，不会打。将军
们没有让士兵做好准备，只是说，"他

men huì lái le jiù zǒu, búyòng pà."

Dàn zhè yí cì bù yíyàng.

Sūn Wǔ jiào rén wǎnshang búyào shēnghuǒ, yě búyào shuōhuà. Zǎoshang tiān gāng liàng, tā jiù ràng shìbīng chūfā, guò hé jìn shān. Shān hòumiàn jiù shì Bǎijǔ.

Wèi le bú ràng dírén fāxiàn, Wújūn zài yèlǐ yòng bù bāozhù bīngqì, jiǎo shàng bǎng le bù bù fāchū shēngyīn. Tāmen yí dào shānkǒu, jiù mǎshàng zhǔnbèi zhàndòu. Měi gè rén dōu zhīdào zìjǐ de gōngzuò. Yǒu rén názhe dùn, yǒu rén názhe gōng, yǒu rén jǔzhe huǒ.

Chǔbīng hái zài chīfàn shí, tīngjiàn wàimiàn yǒu rén jiào. Tāmen pǎo chūqù yí kàn, shì Wújūn! Érqiě hěn duō Wú de shìbīng yǐjīng jìn le chéngmén.

Chǔbīng xiǎng shǒuzhù tāmen de dìfāng, dàn rénxīn luàn le.

们会来了就走，不用怕。"

但这一次不一样。

<u>孙武</u>叫人晚上不要生火，也不要说话。早上天刚亮，他就让上兵出发，过河进山。山后面就是<u>柏举</u>。

为了不让敌人发现，<u>吴军</u>在夜里用布包住兵器，脚上绑了布不发出声音。他们一到山口，就马上准备战斗。每个人都知道自己的工作。有人拿着盾，有人拿着弓，有人举着火。

<u>楚兵</u>还在吃饭时，听见外面有人叫。他们跑出去一看，是<u>吴军</u>！而且很多<u>吴</u>的士兵已经进了城门。

<u>楚兵</u>想守住他们的地方，但人心乱了。

Yǒu rén shuō, "Tāmen zěnme huì zài zhèlǐ?" Hái yǒu rén shuō, "Bú shì shuō tāmen bú huì lái ma?" Yǒu rén pǎo le, yǒu rén diūxià le wǔqì.

Sūn Wǔ de shìbīng zǎo jiù zhǔnbèi hǎo le. Tāmen fēn sān duì, yí duì cóng qiánmén jìn, yí duì cóng dōngbian jìn, hái yǒu yí duì cóng hòumiàn jìn. Chǔbīng yíxià jiù bèi dǎluàn le.

Zhèshí xià yǔ le, dì hěn huá. Wújūn méiyǒu luàn, yīnwèi tāmen yǒuguò hěn hǎo de xùnliàn. Tāmen méi yòng tài duō de shíjiān jiù ná xià le Bǎijǔ.

Zhàn hòu, Sūn Wǔ bú ràng shìbīng qiǎng dōngxi, yě bú ràng tāmen shāng bǎixìng. Tā shuō, "Dǎzhàng shì yào ràng guójiā biàn de gèng hǎo, bú shì yào wèi zìjǐ ná dōngxi."

Shènglì hòu, tā ràng shìbīng qīnglǐ zhànchǎng, zhàogù shāngbīng, tā xiě xìn gěi Wúwáng, shuō, "Wǒmen dǎ shèng

有人说，"他们怎么会在这里？"还有人说，"不是说他们不会来吗？"有人跑了，有人丢下了武器。

孙武的士兵早就准备好了。他们分三队，一队从前门进，一队从东边进，还有一队从后面进。楚兵一下就被打乱了。

这时下雨了，地很滑。吴军没有乱，因为他们有过很好的训练。他们没用太多的时间就拿下了柏举。

战后，孙武不让士兵抢东西，也不让他们伤百姓。他说，"打仗是要让国家变得更好，不是要为自己拿东西。"

胜利后，他让士兵清理战场，照顾伤兵，他写信给吴王，说，"我们打胜

le, qǐng nín bǎozhòng, dàn búyào qìngzhù de tài
zǎo.”

Zhè yí cì shènglì ràng Chǔguó hěn pà, yě ràng biéde
guójiā zhīdào le Sūn Wǔ. Wúwáng fēicháng gāoxìng,
shuō, “Wǒmen guójiā yǒu nǐ, zhēn hǎo!”

Cóng nà yǐhòu, hěn duō rén kāishǐ xué Sūn Wǔ de
bīngfǎ, hěn duō niánqīngrén xiǎng dāng bīng, xiǎng
gēnzhe Sūn Wǔ.

Zhè chǎng zhàndòu ràng dàjiā kàndào, dǎzhàng bù
zhǐshì kàn rén duō, hái yào kàn zěnme dǎ. Sūn Wǔ
yòng tā de fāngfǎ yíng le zhè chǎng zhàndòu, yě
ràng Wúguó gèng qiángdà le.

了，请您保重，但不要庆祝得太早。"

这一次胜利让楚国很怕，也让别的国家知道了孙武。吴王非常高兴，说，"我们国家有你，真好！"

从那以后，很多人开始学孙武的兵法，很多年轻人想当兵，想跟着孙武。

这场战斗让大家看到，打仗不只是看人多，还要看怎么打。孙武用他的方法赢了这场战斗，也让吴国更强大了。

Dì Jiǔ Zhāng: Yǐnjiǔ Zhù Shìqì

Jiàng zhě, zhì,

Xìn, rén,

Yǒng, yán yě.

"Sūnzǐ Bīngfǎ" Dì Jiǔ Zhāng

第九章：
饮酒助士气

将者，智，
信，仁，
勇，严也。

《孙子兵法》第九章

Bǎijǔ dàshèng hòu, Wújūn yílù xiàng qián, zhànlǐng le hǎo jǐ gè Chǔguó de zhòngyào dìfāng. Dàn Chǔguó hái méiyǒu bèi wánquán dǎbài, hái yǒu hěn duō bīnglì zài qítā dìfāng. Dàjiā dōu zhīdào, hěn kuài hái yào dǎ yì chǎng dà zhàng. Zhè yí yè, shì lìng yì chǎng xīn zhàndòu de qiányè. Fēng hěn dà, tiānshàng méiyǒu xīngxing. Yíngdì lǐ hěn ānjìng, zhǐyǒu shìbīngmen qīngqīng zǒudòng de shēngyīn. Sūn Wǔ zuò zài zhǔ zhàngpéng lǐ, shǒu lǐ názhe yì zhāng dìtú. Tā de méitóu jǐn zhòu. Tā zhīdào, zhè yí zhàng bù zhǐshì duì Chǔguó, gèng shì duì tā zìjǐ de yì chǎng dà kǎoyàn.

Yǒu jǐ míng shìbīng qiāoqiāo shuōhuà, yí gè rén shuō, "Míngtiān yào dǎzhàng le, wǒ yǒudiǎn pà." Lìng yí gè rén wèn, "Wǒmen zhēnde néng dǎyíng ma?" Zhèxiē huà bèi jiāngjūnmen tīngjiàn le, tāmen mǎshàng gàosu le Sūn Wǔ.

Sūn Wǔ tīng wán, fàngxià dìtú, shuō, "Jīnwǎn wǒmen yào zuò yí jiàn tèbié de shì."

柏举大胜后，吴军一路向前，占领了好几个楚国的重要地方。但楚国还没有被完全打败，还有很多兵力在其他地方。大家都知道，很快还要打一场大仗。这一夜，是另一场新战斗的前夜。风很大，天上没有星星。营地里很安静，只有士兵们轻轻走动的声音。孙武坐在主帐篷里，手里拿着一张地图。他的眉头紧皱。他知道，这一仗不只是对楚国，更是对他自己的一场大考验。

有几名士兵悄悄说话，一个人说，"明天要打仗了，我有点怕。"另一个人问，"我们真的能打赢吗？"这些话被将军们听见了，他们马上告诉了孙武。

孙武听完，放下地图，说，"今晚我们要做一件特别的事。"

Tiān gāng hēi, jūn zhōng chuán lái mìnglìng, "Suǒyǒu shìbīng jíhé." Dàjiā dōu juéde qíguài, bù zhīdào wèishénme.

Shìbīngmen yì páipái zhàn hǎo, Sūn Wǔ zǒu zài tāmen miànqián. Tā méiyǒu qímǎ, yě méiyǒu chuān tèbié de yīfu. Tā shǒu lǐ názhe yì hú jiǔ.

Tā zǒudào dì yī pái, bǎ jiǔ dào zài yí gè mùbēi lǐ, jǔ qǐlái, shuō, "Zhè bēi jiǔ, shì gěi nǐmen de. Nǐmen xīnkǔ le." Tā hē le jiǔ, yòu dào le yì bēi.

"Zhè chǎng zhàndòu hěn zhòngyào," tā shuō. "Dàn wǒ zhīdào, nǐmen bú pà dírén, ér nǐmen què pà shībài. Nǐmen pà zài yě bù néng jiàndào nǐmen de qīnrén le."

Shìbīngmen tīngdào zhè huà shí, yǒuxiē de rén yǎnlǐ chūxiàn le lèishuǐ.

天刚黑，军中传来命令，"所有士兵集合。"大家都觉得奇怪，不知道为什么。

士兵们一排排站好，<u>孙武</u>走在他们面前。他没有骑马，也没有穿特别的衣服。他手里拿着一壶酒。

他走到第一排，把酒倒在一个木杯里，举起来，说。"这杯酒，是给你们的。你们辛苦了。"他喝了酒，又倒了一杯。

"这场战斗很重要，"他说，"但我知道，你们不怕敌人，而你们却怕失败。你们怕再也不能见到你们的亲人了。"

士兵们听到这话时，有些的人眼里出现了泪水。

Sūn Wǔ jìxù shuō, "Wǒ bú shì yí gè zhǐ xiǎng yíng de rén, wǒ gèng xiǎng nǐmen dōu néng píng'ān huíjiā. Suǒyǐ jīntiān, wǒ yào hé nǐmen yìqǐ hējiǔ, yìqǐ shuōhuà."

Tā zǒudào xià yì pái, jìxù dàojiǔ. Měi yì pái, tā dōu shuō jǐ jù huà, shuō tāmen liàn de hǎo, shuō tāmen shì zuì hǎo de bīng, shuō tā xiāngxìn tāmen.

Jiǔ hěn kuài jiù hē wán le, kě měi gè rén de xīn dōu rè le.

Zhèshí, yǒu gè niánqīng shìbīng dàshēng shuō, "Jiāngjūn, wǒmen bú pà le! Zhǐyào nǐ zài qiánmiàn, wǒmen jiù gēnzhe nǐ!"

Qítā rén yě gēnzhe hǎn, "Wǒmen huì yíng! Wǒmen bú pà!"

孙武继续说，“我不是一个只想赢的人，我更想你们都能平安回家。所以今天，我要和你们一起喝酒，一起说话。”

他走到下一排，继续倒酒。每一排，他都说几句话，说他们练得好，说他们是最好的兵，说他相信他们。

酒很快就喝完了，可每个人的心都热了。

这时，有个年轻士兵大声说，“将军，我们不怕了！只要你在前面，我们就跟着你！”

其他人也跟着喊，“我们会赢！我们不怕！”

Sūn Wǔ diǎntóu, shuō, "Hǎo. Míngtiān nǐmen gēn wǒ yìqǐ zǒu, wǒmen bú huì táo, wǒmen bú huì shū, wǒmen yídìng huì yíng."

Wǎnshang, shìbīngmen huídào zìjǐ de zhàngpéng lǐ, dàjiā dōu zài xiǎoshēng shuōzhe gāngcái de shì. Yí gè rén shuō, "Jiāngjūn zhēnde bù yíyàng, tā bù zhǐshì ràng wǒmen qù dǎzhàng, tā hái xiǎngzhe wǒmen." Lìng yí gè rén shuō, "Zhècì wǒ yídìng yào hǎohǎo dǎ, wǒ bù xiǎng ràng jiāngjūn shīwàng."

Dì'èr tiān tiān gāng liàng, shìbīngmen jiù chuānhǎo le yīfu, zuòhǎo le zhǔnbèi. Měi gè rén liǎn shàng dōu yǒu guāng, yǎnlǐ yǒu huǒ. Jiāngjūnmen kàndào zhè yíqiè, hěn gāoxìng. Tāmen duì Sūn Wǔ shuō, "Nǐ bù zhǐshì yí gè huì dǎzhàng de rén, nǐ yěshì yí gè huì dàibīng de rén."

Zhè chǎng zhàndòu hái méi kāishǐ, Wújūn de xīnli yǐjīng shì

孙武点头，说，"好。明天你们跟我一起走，我们不会逃，我们不会输，我们一定会赢。"

晚上，士兵们回到自己的帐篷里，大家都在小声说着刚才的事。一个人说，"将军真的不一样，他不只是让我们去打仗，他还想着我们。"另一个人说，"这次我一定要好好打，我不想让将军失望。"

第二天天刚亮，士兵们就穿好了衣服，做好了准备。每个人脸上都有光，眼里有火。将军们看到这一切，很高兴。他们对孙武说，"你不只是一个会打仗的人，你也是一个会带兵的人。"这场战斗还没开始，吴军的心里已经是

yì bǎ huǒ. Tāmen xiāngxìn, zhǐyào gēnzhe Sūn Wǔ, tāmen jiù bú huì shū.

yì bǎ huǒ. Tāmen xiāngxìn, zhǐyào gēnzhe Sūn Wǔ, tāmen jiù bú huì shū.

一把火。他们相信，只要跟着孙武，他们就不会输。

一把火。他们相信，只要跟着孙武，他们就不会输。

Dì Shí Zhāng: Bú Zhàn Ér Shèng

Shì gù bǎi zhàn bǎi shèng,

Fēi shàn zhī shàn zhě yě;

Bú zhàn ér qū rén zhī bīng,

Shàn zhī shàn zhě yě.

"Sūnzǐ Bīngfǎ" Dì Shí Zhāng

Dì Shí Zhāng: Bú Zhàn Ér Shèng

Shì gù bǎi zhàn bǎi shèng,

Fēi shàn zhī shàn zhě yě;

第十章：
不战而胜

是故百战百胜，
非善之善者也；
不战而屈人之兵，
善之善者也。

《孙子兵法》第十章

Wúguó dǎbài Chǔjūn hòu, jìxù wǎng Chǔguó zhōngbù zǒu. Tāmen yílùshàng méiyǒu yùdào dà de zǔlì. Hěn duō Chǔbīng yǐjīng tuìzǒu, yǒu de dìfāng lián shǒuchéng de rén dōu méiyǒu le. Dàjiā dōu shuō, "Wǒmen yíng le!"

Kěshì, Sūn Wǔ de liǎn shàng méiyǒu xiào. Tā zhīdào, zhēnzhèng de tiǎozhàn gānggāng kāishǐ. Dǎbài dírén bù nán, nán de shì zěnme qù miànduì yí gè bèi dǎbài de guójiā, érqiě hái yào yíngdé zhège guójiā de rénxīn.

"Jīntiān wǒmen chūbīng Chǔguó, míngtiān wǒmen yě kěyǐ chūbīng biéde guójiā." Sūn Wǔ duì tā de jiāngjūnmen shuō, "Dànshì, rúguǒ wǒmen shāo le tāmen de chéng, ná le tāmen de dōngxi, tāmen huì hèn wǒmen. Tāmen bú huì pà wǒmen, zhǐ huì xiǎng dǎ huílái."

Tā xià le yí gè mìnglìng, jūnduì bù kěyǐ jìn bǎixìng jiā, bù kěyǐ dòng bǎixìng de dōngxi. Rúguǒ yǒu rén bù

吴国打败楚军后，继续往楚国中部走。
他们一路上没有遇到大的阻力。很多楚
兵已经退走，有的地方连守城的人都没
有了。大家都说，"我们赢了！"

可是，孙武的脸上没有笑。他知道，真
正的挑战刚刚开始。打败敌人不难，难
的是怎么去面对一个被打败的国家，而
且还要赢得这个国家的人心。

"今天我们出兵楚国，明天我们也可以
出兵别的国家。"孙武对他的将军们
说，"但是，如果我们烧了他们的城，
拿了他们的东西，他们会恨我们。他们
不会怕我们，只会想打回来。"

他下了一个命令，军队不可以进百姓
家，不可以动百姓的东西。如果有人不

tīng, yào mǎshàng chǔlǐ. Kāishǐ de shíhou, yǒu de shìbīng bù míngbai. Tāmen shuō, "Wǒmen yǐjīng dǎ le yì nián duō le, xiànzài zhōngyú yíng le. Wǒmen bù kěyǐ ná diǎn dōngxi ma?"

Sūn Wǔ huídá shuō, "Zhè bù zhǐshì dǎzhàng, zhè shì guānhū rén. Rúguǒ nǐ jīntiān cóng yí gè rén nàlǐ ná dōngxi, míngtiān tā jiù huì ná dāo duìzhe nǐ."

Jūnfǎ hěn kuài chuán le xiàqù le. Jǐ gè bù tīnghuà de shìbīng bèi chǔlǐ hòu, dàjiā dōu biàn de gèng shǒu jìlǜ le.

Yǒu yì tiān, jūnduì dào le yí gè dà chéngshì. Zhège chéngshì de chéngmén kāizhe, lǐmiàn hěn ānjìng. Sūn Wǔ mìnglìng jūnduì tíng zài chéngwài. Tā dài le jǐ gè jiāngjūn zǒujìn chéng, kànjiàn hěn duō bǎixìng zhàn zài jiēbiān, liǎn shàng dōu shì hàipà. Tā méiyǒu shuōhuà, zhǐshì diǎn le diǎntóu, zhuǎnshēn líkāi le.

听，要马上处理。开始的时候，有的士兵不明白。他们说，"我们已经打了一年多了，现在终于赢了。我们不可以拿点东西吗？"

孙武回答说，"这不只是打仗，这是关乎人。如果你今天从一个人那里拿东西，明天他就会拿刀对着你。"

军法很快传了下去了。几个不听话的士兵被处理后，大家都变得更守纪律了。

有一天，军队到了一个大城市。这个城市的城门开着，里面很安静。孙武命令军队停在城外。他带了几个将军走进城，看见很多百姓站在街边，脸上都是害怕。他没有说话，只是点了点头，转身离开了。

Dì'èr tiān, chéng lǐ de rén kàndào Wújūn méiyǒu jìnlái, yě méiyǒu shāo chéng, méiyǒu ná dōngxi. Hěn duō rén dōu hěn chījīng. Yí gè lǎorén duì pángbiān de rén shuō, "Wǒ yǐwéi tāmen huì xiàng biérén yíyàng shāo dōngxi, kěshì tāmen shénme dōu méiyǒu zuò."

Dì sān tiān, Sūn Wǔ zài chéngwài tiē chū yì zhāng zhǐ, shàngmiàn xiězhe, "Wǒmen bú shì lái dǎ nǐmen de. Nǐmen tīngcóng mìnglìng, wǒmen jiù bú huì shāng nǐmen."

Nà zhāng zhǐ tiē chūlái hòu, yuè lái yuè duō de rén zǒuchū jiāmén, zǒuchū chéngmén. Yǒu de rén hái gěi jūnrén sòng chī de. Yǒu de háizi hái gēn jūnrén shuōhuà. Wújūn de jiāngjūnmen hěn chījīng. Tāmen shuō, "Wǒmen méiyǒu dǎ tāmen, xiànzài tāmen xiǎng lái bāng wǒmen?"

Sūn Wǔ shuō, "Zhè cái shì zuì hǎo de yíng. Ràng yí gè guójiā búyòng dǎ jiù tīng wǒmen de huà, nà cái shì zuì lìhài

第二天，城里的人看到吴军没有进来，也没有烧城，没有拿东西。很多人都很吃惊。一个老人对旁边的人说，"我以为他们会像别人一样烧东西，可是他们什么都没有做。"

第三天，孙武在城外贴出一张纸，上面写着，"我们不是来打你们的。你们听从命令，我们就不会伤你们。"

那张纸贴出来后，越来越多的人走出家门，走出城门。有的人还给军人送吃的。有的孩子还跟军人说话。吴军的将军们很吃惊。他们说，"我们没有打他们，现在他们想来帮我们？"

孙武说，"这才是最好的赢。让一个国家不用打就听我们的话，那才是最厉害

de bīngfǎ."

Hòulái, zhège chéngshì jiāochū le jūnduì, hái gěi Wújūn sònglái le shuǐ hé liángshi. Zài zhècì xíngdòng zhōng, Wújūn méiyǒu yòng yì dāo yì qiāng, què dédào le yízuò dà chéngshì. Qítā de chéngshì yě kāishǐ gēnzhe tóuxiáng.

Sūn Wǔ zhàn zài gāochù, kànzhe yuǎnfāng. Tā zhīdào, zhè cái shì zhēnzhèng de shènglì, tā bù zhǐshì shēntǐ de shènglì, gèng shì rénxīn de shènglì.

的兵法。"

后来，这个城市交出了军队，还给<u>吴军</u>送来了水和粮食。在这次行动中，<u>吴军</u>没有用一刀一枪，却得到了一座大城市。其他的城市也开始跟着投降。

<u>孙武</u>站在高处，看着远方。他知道，这才是真正的胜利，它不只是身体的胜利，更是人心的胜利。

Dì Shíyī Zhāng: Wúwáng Zìdà

Jiàng néng ér jūn bú yù zhě shèng

"Sūnzǐ Bīngfǎ" Dì Shíyī Zhāng

第十一章：
<u>吴王</u>自大

将能而君不御者胜

《<u>孙子兵法</u>》第十一章

Wúguó gānggāng zhànshèng le Chǔguó, xǔduō chéngshì dōu bèi náxià. Dāng cūnlǐ de bǎixìng kàndào Wújūn dàolái shí, jiù dǎkāi chéngmén, sòng lái shíwù hé yīfu.

Shìbīngmen páizhe zhěngqí de duìwǔ, tīngcóng mìnglìng, xìnxīn mǎnmǎn. Jiē shàng yǒu rén dàshēng hǎndào, "Wúwáng yīngmíng, dǎzhàng bì yíng!"

Wúwáng hěn gāoxìng, měitiān dōu zài wánggōng lǐ bàn yànhuì, qǐng rén chànggē tiàowǔ, hái ràng gōngrén zuò le dà qízi, shàngmiàn xiězhe "Wúguó bú bài".

Dàchénmen wéi zài tā shēnbiān, méi rén gǎn shuō fǎnduì tā de huà, dōu shuō, "Wúwáng tiānxià dì yī!"

Sūn Wǔ duōcì bèi qǐng jìn wánggōng, gěi Wúwáng tí jiànyì. Tā gōngjìng de shuō, "Bìxià, wǒmen suīrán zhànshèng le Chǔguó, dàn biānjìng hái yǒu wēixiǎn. Wǒmen yīnggāi xiān chǔlǐ guónèi de shì, xiàng xiūlù, tīngtīng bǎixìng hé shìbīng

吴国刚刚战胜了楚国，许多城市都被拿下。当村里的百姓看到吴军到来时，就打开城门，送来食物和衣服。

士兵们排着整齐的队伍，听从命令，信心满满。街上有人大声喊道，"吴王英明，打仗必赢！"

吴王很高兴，每天都在王宫里办宴会，请人唱歌跳舞，还让工人做了大旗子，上面写着"吴国不败"。

大臣们围在他身边，没人敢说反对他的话，都说，"吴王天下第一！"

孙武多次被请进王宫，给吴王提建议。他恭敬地说，"陛下，我们虽然战胜了楚国，但边境还有危险。我们应该先处理国内的事，像修路、听听百姓和士兵

de xiǎngfǎ zhèxiē shì, zài tán dǎzhàng de shì."

Wúwáng bù gāoxìng, huīshǒu shuō, "Bié shuō nàme duō le! Wǒ zhǐ xiǎng ràng Wúguó gèng qiáng, ràng suǒyǒu rén dōu zhīdào wǒmen de lìhài!"

Cóng nà yǐhòu, dàdiàn lǐ méi rén gǎn shuō zhēnhuà.

Jūnduì de jìlǜ kāishǐ sōng le, shìbīng xùnliàn shǎo le, wǎnshang yě bú liànbīng le. Tiándì lǐ, nóngmín bù gāoxìng, yīnwèi tāmen yào jiāo tài duō de liángshi, què méiyǒu bànfǎ bǎ tāmen de nán gàosu guānyuán. Hòulái, biānjìng xiǎochéng lái le xiǎo gǔ dírén, xiǎng shìtàn Wújūn de shílì. Shǒuchéng jiànglǐng mǎshàng xiě xìn qǐng rén lái bāngmáng, kě dàjūn háishi méiyǒu dàolái. Chéng lǐ liángshi méi le, shìbīngmen lèi le, xǔduō rén shòu le shāng, zhǐ néng duǒ zài chéngqiáng hòu. Dírén shìtàn le yí zhèn jiù zǒu le, dàn chéng lǐ què hěn luàn. Hěn duō fángdǐng bèi pòhuài, bǎixìng pǎo chū chéng

的想法这些事，再谈打仗的事。"

吴王不高兴，挥手说，"别说那么多了！我只想让吴国更强，让所有人都知道我们的厉害！"

从那以后，大殿里没人敢说真话。

军队的纪律开始松了，士兵训练少了，晚上也不练兵了。田地里，农民不高兴，因为他们要交太多的粮食，却没有办法把他们的难告诉官员。后来，边境小城来了小股敌人，想试探吴军的实力。守城将领马上写信请人来帮忙，可大军还是没有到来。城里粮食没了，士兵们累了，许多人受了伤，只能躲在城墙后。敌人试探了一阵就走了，但城里却很乱。很多房顶被破坏，百姓跑出城

mén, kūhǎnzhe, xīwàng dàjūn néng lái.

Xiāoxi chuándào Wúguó dūchéng, Wúwáng réng bú zàiyì. Tā zuò zài bǎozuò shàng, tīng rén shuō, "Nà zhǐshì yí cì xiǎo kǎoyàn, bìxià bié dānxīn." Wúwáng xiàozhe shuō, "Shǒujūn zhǐshì bèi xiàzhù le, tāmen guò yíhuìr jiù huì zìjǐ wěnzhù zhènjiǎo, bù xūyào wǒmen jízhe qù bāngmáng."

Sūn Wǔ tīng le, xīnli hěn chénzhòng. Tā duì Wǔ Zǐxū shuō, "Yí gè zhǐ tīng hǎohuà, bù tīng zhēnhuà de guójiā, zǒng yǒu yì tiān huì zìjǐ luàn qǐlái. Rúguǒ xiànzài bù gǎi, jiù huì chū dà wèntí."

Wǔ Zǐxū mòmò diǎntóu, què méi bànfǎ quànshuō. Sūn Wǔ zhīdào liú zài zhèlǐ yě méi yòng, jiù juédìng huídào shānlǐ. Nà tiān wǎnshang, tā bǎ zhújiǎn hé xiěxià de bīngfǎ dōu zhěnglǐ hǎo, zhǎo le jǐ gè xìnrèn de dìzǐ, qiāoqiāo

门，哭喊着，希望大军能来。

消息传到吴国都城，吴王仍不在意。他坐在宝座上，听人说，"那只是一次小考验，陛下别担心。"吴王笑着说，"守军只是被吓住了，他们过一会儿就会自己稳住阵脚，不需要我们急着去帮忙。"

孙武听了，心里很沉重。他对伍子胥说，"一个只听好话、不听真话的国家，总有一天会自己乱起来。如果现在不改，就会出大问题。"

伍子胥默默点头，却没办法劝说。孙武知道留在这里也没用，就决定回到山里。那天晚上，他把竹简和写下的兵法都整理好，找了几个信任的弟子，悄悄

líkāi le Wúguó dūchéng.

Tiān gāng liàng, tāmen cóng chéngwài de xiǎolù chūfā, zǎoshang de wù zhōng, zhǐ jiàn Sūn Wǔ chuānzhe sùsè yīfu, bēizhe shū, jiǎobù hěn wěn. Línzǒu qián, tā huítóu kàn le yìyǎn piàoliang de wánggōng, xīnli mòmò de xiǎngzhe, "Zhēnzhèng de dàolǐ kěnéng kàn bu jiàn, dàn wǒ yǐ bǎ tā liú zài rénmen de xīnli. Xīwàng jiānglái yǒu rén néng yòngxīn chuán xiàqù."

Tā zhuǎnshēn zǒujìn shānlǐ, shānjiān de wù hěn kuài jiù gàizhù le tā de shēnyǐng.

离开了<u>吴国</u>都城。

天刚亮，他们从城外的小路出发，早上的雾中，只见<u>孙武</u>穿着素色衣服，背着书，脚步很稳。临走前，他回头看了一眼漂亮的王宫，心里默默地想着，"真正的道理可能看不见，但我已把它留在人们的心里。希望将来有人能用心传下去。"

他转身走进山里，山间的雾很快就盖住了他的身影。

Dì Shí'èr Zhāng: Shènglì Hòu Guī Shān

Shèng kě shàn yě,

Dí suī zhòng,

Kě shǐ wú dòu

"Sūnzǐ Bīngfǎ" Dì Shí'èr Zhāng

第十二章：
胜利后归山

胜可擅也，
敌虽众，
可使无斗

《孙子兵法》第十二章

Sūn Wǔ líkāi Wúguó dūchéng hòu, huídào le tā niánqīng shí zhùguò de nà piàn shāngǔ. Tā zhǎo le yí kuài píngdì, yòng mùtou hé cǎo gài qǐ jǐ jiān xiǎowū. Xiǎowū qián, tā zài dìshàng pū le jǐ kuài dà shítou dāng zhuōzi; pángbiān fàng le jǐ kuài biǎn shítou, xuéshēngmen kěyǐ zuò zài shàngmiàn tīngkè. Měitiān zǎoshang, tàiyáng gāng chūlái, Sūn Wǔ jiù náchū zhújiǎn jiǎng bīngfǎ. Xuéshēngmen zuò zài shítou shàng, tīng de fēicháng rènzhēn.

Tā cháng shuō, "Yào xiān liǎojiě zìjǐ, zài qù liǎojiě duìfāng. Dǎzhàng bú shì wèi zìjǐ, ér shì wèi le tiānxià de āndìng." Mànman de, yuè lái yuè duō de rén tīngshuō Sūn Wǔ zài shānlǐ jiǎngkè, yǒu de rén zǒu le hǎo jǐ tiān lái zhǎo tā xuéxí. Yǒu de shì shìbīng, yǒu de shì bǎixìng, hái yǒu de shì niánqīng de shūshēng, tāmen xiǎng xué bīngfǎ hé zěnme chéngwéi yí gè gèng hǎo de rén. Yǒu shíhou, Sūn Wǔ huì xiàshān qù cūnlǐ, jiāo rén zěnme jiějué wèntí, zěnme

孙武离开吴国都城后，回到了他年轻时住过的那片山谷。他找了一块平地，用木头和草盖起几间小屋。小屋前，他在地上铺了几块大石头当桌子；旁边放了几块扁石头，学生们可以坐在上面听课。每天早上，太阳刚出来，孙武就拿出竹简讲兵法。学生们坐在石头上，听得非常认真。

他常说，"要先了解自己，再去了解对方。打仗不是为自己，而是为了天下的安定。"慢慢地，越来越多的人听说孙武在山里讲课，有的人走了好几天来找他学习。有的是士兵，有的是百姓，还有的是年轻的书生，他们想学兵法和怎么成为一个更好的人。有时候，孙武会下山去村里，教人怎么解决问题，怎么

hé biérén hǎohǎo shuōhuà.

Tā gàosu tā de xuéshēng, "Yào qù yòng nǐ xuédào de zhīshi. Zhǐyǒu bǎ tā yòng zài shēnghuó lǐ, cái bú huì wàng." Hòulái, shāngǔ lǐ jiàn le gèng duō de xiǎowū. Yǒu de fàng shū, yǒu de yòng lái jiǎngkè. Xiǎowū qián dōu guàzhe mùpái, shàngmiàn xiězhe, "Yòngxīn xué, yòngxīn zuò."

Yǒu yì tiān, yí gè xuéshēng pǎo lái shuō, "Lǎoshī, wǒ tīngshuō Wúwáng sǐ le. Tā de érzi xiànzài shì guówáng."

Lìng yí gè xuéshēng bǔchōng shuō, "Xīn guówáng tīng le huàirén de huà, bǎ Wǔ Zǐxū shā le."

Sūn Wǔ tīng le, méiyǒu shēngqì, zhǐshì dītóu bùyǔ. Tā mànman shuōdào, "Wǒ yǐjīng líkāi le, zhèxiē shì wǒ bù xiǎng guǎn le."

和别人好好说话。

他告诉他的学生，"要去用你学到的知识。只有把它用在生活里，才不会忘。"后来，山谷里建了更多的小屋。有的放书，有的用来讲课。小屋前都挂着木牌，上面写着，"用心学，用心做。"

有一天，一个学生跑来说，"老师，我听说吴王死了。他的儿子现在是国王。"

另一个学生补充说，"新国王听了坏人的话，把伍子胥杀了。"

孙武听了，没有生气，只是低头不语。他慢慢说道，"我已经离开了，这些事我不想管了。"

Yí gè xuéshēng wèn, "Nín bù dānxīn Wúguó huì yuè lái yuè ruò ma?"

Sūn Wǔ shuō, "Wǒ zhǐ xīwàng bǎ zhèngquè de dàolǐ liú gěi nǐmen. Yǐhòu zěnme zǒu, yào kàn rénxīn."

Cóng nà yǐhòu, tā gèng rènzhēn de zhěnglǐ tā de bīngfǎ, xiěxià tā yìshēng de jīngyàn.

Shānlǐ de rìzi ānjìng yòu yǒu yìyì. Měitiān dōu yǒu rén lái xuéxí, měitiān yě yǒu rén dài huí zhīshi. Xiǎowū, zhújiǎn, shízhuō, hái yǒu nàxiē rènzhēn xuéxí de rén, dōu jiànzhèng le Sūn Wǔ zuìhòu de suìyuè.

一个学生问，"您不担心<u>吴国</u>会越来越弱吗？"

<u>孙武</u>说，"我只希望把正确的道理留给你们。以后怎么走，要看人心。"

从那以后，他更认真地整理他的兵法，写下他一生的经验。

山里的日子安静又有意义。每天都有人来学习，每天也有人带回知识。小屋、竹简、石桌，还有那些认真学习的人，都见证了<u>孙武</u>最后的岁月。

Dì Shísān Zhāng: Bīngfǎ Liú Shì

Gù bú jìn zhī yòngbīng zhī hài zhě,

Zé bù néng jìn zhī yòngbīng zhī lì yě.

"Sūnzǐ Bīngfǎ" Dì Shísān Zhāng

第十三章：
兵法留世

故不尽知用兵之害者，
则不能尽知用兵之利
也。

《孙子兵法》第十三章

Sūn Wǔ niánjì yuè lái yuè dà le, shēntǐ yě yuè lái yuè ruò le, dàn měitiān zǎoshang tā háishi huì qǐlái jiǎngkè. Xuéshēngmen lúnliú dú tā xiě de shū, yǒuxiē rén tán dǎzhàng de fāngfǎ, lìng yìxiē rén tán zěnme wèi yí gè guójiā dàilái āndìng. Sūn Wǔ zuò zài zhúyǐ shàng, tīngzhe, wēixiàozhe.

"Nǐmen yǐjīng xué de hěn hǎo le, kěyǐ jiāo biérén le," tā shuō.

Hòulái, Sūn Wǔ chángcháng xiǎngqǐ Wúwáng dǎ le shèngzhàng hòu shì zěnme biàn de jiāo'ào, bú zài tīng quàn. Wǔ Zǐxū duōcì shìguò yào jiǎngchū zìjǐ xīnli de huà, dàn zuìhòu háishi bèi shā le. Měi cì xiǎngdào zhèxiē, Sūn Wǔ xīnli dōu hěn nánguò.

"Rúguǒ wáng zhǐ tīng hǎohuà, bù tīng zhēnhuà, zhège guójiā jiù yídìng huì biàn ruò," tā duì tā de xuéshēng

孙武年纪越来越大了，身体也越来越弱了，但每天早上他还是会起来讲课。学生们轮流读他写的书，有些人谈打仗的方法，另一些人谈怎么为一个国家带来安定。孙武坐在竹椅上，听着，微笑着。

"你们已经学得很好了，可以教别人了，"他说。

后来，孙武常常想起吴王打了胜仗后是怎么变得骄傲，不再听劝。伍子胥多次试过要讲出自己心里的话，但最后还是被杀了。每次想到这些，孙武心里都很难过。

"如果王只听好话，不听真话，这个国家就一定会变弱，"他对他的学生

shuō.

Yě yǒu biéde guójiā de shǐzhě lái qǐng tā chūshān dàibīng, tā dōu xièjué le. "Wǒ de xīn bú zài cháotáng, wǒ zhǐ xiǎng ràng bīngfǎ chéngwéi yǒuyòng de dàolǐ," tā shuō.

Tā bǎ xīn dōu fàng zài jiàoxué shàng. Yǒushí tā dài xuéshēng xiàshān, bāngzhù cūnlǐ de rén chǔlǐ jiāshì, āndìng tāmen de xīn.

Yì tiān zǎoshang, xuéshēngmen fāxiàn Sūn Wǔ zuò zài yǐzi shàng, bìzhe yǎnjing, liǎn shàng dàizhe ānjìng de xiào. Tā yǐjīng qiāoqiāo líkāi le rénshì.

Xuéshēngmen zài shāngǔ lǐ wèi tā lì le yí gè xiǎo shíbēi, xiǎoxīn de bǎ tā xiě de bīngfǎ fàng zài xiǎowū lǐ.

Jǐ nián hòu, xiāoxi chuán lái, Wúguó bèi tā yìzhí kàn bu qǐ de xiǎoguó—Yuèguó—dǎbài le. Wúwáng hūn

说。

也有别的国家的使者来请他出山带兵，他都谢绝了。"我的心不在朝堂，我只想让兵法成为有用的道理，"他说。

他把心都放在教学上。有时他带学生下山，帮助村里的人处理家事，安定他们的心。

一天早上，学生们发现孙武坐在椅子上，闭着眼睛，脸上带着安静的笑。他已经悄悄离开了人世。

学生们在山谷里为他立了一个小石碑，小心地把他写的兵法放在小屋里。

几年后，消息传来，吴国被它一直看不起的小国——越国——打败了。吴王昏

yōng wú dào, zhànbài hòu zìshā shēnwáng.

Xuéshēngmen tīng hòu chénmò bùyǔ, tāmen zhīdào, zhè yíqiè zǎo jiù zài lǎoshī de yùliào zhī zhōng.

"Sūnzǐ Bīngfǎ" mànman chuándào hěn duō guójiā, yě bèi fānyì chéng le duō zhǒng yǔyán. Rénmen fāxiàn, zhèxiē bīngfǎ bùjǐn néng yòng zài zhànzhēng lǐ, yě néng yòng zài rìcháng shēnghuó zhōng.

Yìbǎi nián hòu, Sūn Wǔ de hòudài zhōng yǒu yí wèi jiào Sūn Bìn de rén, tā cóngxiǎo shúdú "Sūnzǐ Bīngfǎ" hé hěn duō gǔshū, yě chéngwéi le yǒumíng de jūnshìjiā. Tā duì yǐyǒu de bīngfǎ zuò le bǔchōng, hòulái hěn duō rén chángcháng bǎ Sūn Wǔ hé Sūn Bìn gǎohùn.

Suīrán dàjiā zǎoyǐ wàng le Sūn Wǔ de yàngzi, dàn tā de bīngfǎ liú zài le rénmen de xīnzhōng.

庸无道，战败后自杀身亡。

学生们听后沉默不语，他们知道，这一切早就在老师的预料之中。

《孙子兵法》慢慢传到很多国家，也被翻译成了多种语言。人们发现，这些兵法不仅能用在战争里，也能用在日常生活中。

一百年后，孙武的后代中有一位叫孙膑的人，他从小熟读《孙子兵法》和很多古书，也成为了有名的军事家。他对已有的兵法做了补充，后来很多人常常把孙武和孙膑搞混。

虽然大家早已忘了孙武的样子，但他的兵法留在了人们的心中。

Sun Tzu the Strategist

Chapter 1:
The Decision of a Noble Boy

Sun Wu was born into a noble family in the state of Qi. His grandfather and father were both important officials, and both had led soldiers. His father stayed at home every day, teaching Sun Wu to read maps, write characters, and also told him stories about leading troops. His mother cooked, did the laundry, and took care of the whole family.

As a young man, Sun Wu was clever. He didn't like going out to play, and liked quiet even more. He liked to sit alone in the house reading books. What he loved most were military books about the past. He also loved looking at maps and often thought to himself, how can one lead troops to win?

One day, his father took him to watch the soldiers train. The soldiers stood in neat rows; some shouted commands, some held up swords, and some ran. Sun Wu stood for a long time. He asked his father, "If a soldier makes a mistake, what will happen?"

His father said, "Soldiers must obey orders. If they don't, there will be big problems."

Not long after, the king asked a well-known general to lead the army. This general was rule-abiding, no matter who the person was. If someone made a mistake, he would deal with them. One day, a relative of the king arrived late. The general had him taken away and said he would be dealt with according to military law.

Many nobles were unhappy and said that the general had embarrassed the king. After the king heard, he was also angry and said, "We don't need someone like this." The general was ordered to go home and no longer lead the army. After returning home, he was angry, sad, and afraid. He couldn't sleep well every day, later got sick, and died after a few days.

Sun Wu was shocked when he heard this. He didn't expect that a person who followed the rules and did the right thing could not keep his job.

A few days later, something happened to his father too. While speaking with others, he said something against the king, and someone remembered it. The king of Qi heard this and was angry. From then on, his father could no longer work. Everyone in the family became careful, and his mother sighed every day.

That night, Sun Wu sat alone in the courtyard, looking at the sky. He asked himself, "If a country doesn't listen to the truth, and doesn't let people who understand war stay, how can it win battles?"

The next morning, he asked his father, "Did that general do something wrong?"

His father said, "He was not wrong, he just spoke too truthfully."

After hearing this, Sun Wu wanted to leave even more. He thought to himself, "I can't spend my life just watching others fight wars. I want to try."

At dinner, he said to his mother, "I want to go to the State of Wu, far away in the south."

When his mother heard this, she immediately asked, "Alone? That's too far."

Sun Wu nodded and said, "I heard there is a king in the south who is looking for someone who can lead soldiers."

His mother didn't say much more. She made him some food and put a few books his father had left into his bag. She said to him, "Think carefully, and don't listen to bad people."

The next morning, Sun Wu put on his pack and left home. When he got to the door, he saw his mother standing there. He walked over and said, "I will come back."

He walked through the streets and out the city gate. The wind was extremely cold, and he pulled his clothes tighter. He didn't know how far it was ahead, and he didn't know what he would face. But he knew he could not stay here any longer.

That day, he made a decision. He would leave the State of Qi, and walk the path of his own Art of War.

Chapter 2: Writing in the Mountains

Sun Wu traveled south for many days. He walked from big cities to small villages, from busy roads to quiet mountain paths.

He walked slowly, and he spoke to no one. In the mountains, there were only the sounds of wind, birds, and his footsteps.

As he walked, he kept thinking, "Where am I going? Can I really do something great?"

He arrived in the State of Wu and settled in a small village at the foot of a mountain. It was quiet, with few people and no signs of war.

He lived in a small house. Every day he read bamboo slips, drew maps, and walked in the hills.

The villagers didn't really know him. They just thought he was quiet, someone who sometimes stood thinking all day.

He read old military texts every day and thought about his own questions. As he read, he asked himself, "Must every battle mean so much blood? Does strength always mean victory? If we can win without fighting, isn't that better?"

One day, he sat outside, watching the clouds above the mountain.

He thought, "We fight not to keep fighting, but to stop fighting."

He rushed into the house and wrote the words on a bamboo slip. He thought, "Maybe this is the start of my first chapter."

From that day on, he wrote a little every day. He did not write quickly; he thought and revised each day. What he wanted to write was not how to fight, but how to think, how to act, and how not to cause chaos.

He wrote, "Warfare is based on deception. It means not telling the truth, and making others see wrong, move wrong, and think wrong." He wrote, "Win first, then fight." Think first, act later. Don't fight first and hope to win later.

He often thought of his father. He thought, "If my father were here, we would surely discuss this together."

He also thought of the old general. He thought, "If that man had this book, maybe he wouldn't have died so early."

He lined up the bamboo slips one by one, reading and revising them every day. He said, "This isn't for kings, it's for those who truly want to lead the army."

Some village children came to watch him. Some even listened to his words secretly, then ran home to tell their families.

One day it rained hard and his roof leaked. He wrapped the bamboo slips and placed them high, saying, "These are more important than food."

After many days, he finally finished. He looked at the thirteen bamboo slips and said, "These are written with all my heart, and they carry the truths of all my life."

Chapter 3: A Night Visit from Wu Zixu

*The best military strategy is to ruin the
enemy's plans.
The next best is to break up his alliances.
The next best is to attack his army in the field.
And the worst is to attack cities.*

The Art of War, Chapter 3

That evening, just after nightfall, as Sun Wu was getting ready for bed, he heard someone calling his name outside the door. He walked outside and saw a tall man standing in front of the door. The man wore old clothes and had a serious look on his face.

The man looked at him and said, "Are you Sun Wu from the State of Qi? I've heard of you for a long time. I hope to learn from you. I am Wu Zixu, a general of the State of Wu."

Sun Wu's heart moved when he heard the name. He had heard of this man, known for respecting talent and wanting to make the State of Wu strong.

He quickly invited Wu Zixu inside. Once they sat down, there was no need for small talk. They went straight to discussing military strategy.

Wu Zixu said, "I didn't come to fight, I came to learn. The State of Wu has troops and weapons, but no one like you. I saw the bamboo slips you wrote. Your words are clear and unique. I've never seen a military book like this."

Sun Wu nodded and said, "I only wrote what I've seen, thought, and learned. It's not for kings. It's for those who lead the troops."

Wu Zixu looked at him and said, "Would you like to meet the King of Wu? Now is the right time."

Sun Wu pondered for a moment and said, "A king who seeks only victory and does not care what is right—would he truly listen to me?"

Wu Zixu smiled and shook his head. "He doesn't know strategy, but he knows who does. He trusts me, and I trust you."

They kept talking. Sun Wu took out his diagrams and talked about the movements of soldiers, the methods of marching and the skills of attacking the mind. He also talked about the word "deception." He said, "True strength is not speed or size, it's being unseen."

Wu Zixu listened carefully. He said, "I often fight in wars, but I've never heard what you're talking about." He sighed and said, "The State of Chu is strong, and the State of Wu is in disorder. If we want to go to war, we must first fight with our own hearts."

Dawn was near, and the lamp was still burning. The wind outside grew louder, but the room stayed quiet. Wu Zixu stood up and said, "The State of Wu will fight the State of Chu. We need not only military strategy, we need the hearts and minds of people."

Sun Wu looked at him and said softly, "I can go. But I speak of only strategy, not of sweet words."

Wu Zixu smiled and said, "What you say is exactly what the State of Wu needs right now."

Chapter 4: The Thirteen Chapters Enter the Palace

Sun Wu and Wu Zixu arrived at the capital of Wu. There were many guards at the palace gate, and they waited a long time before being let in.

King Helü of Wu sat in the main hall. He had just come back from the battlefield, and there were still wounds on his face.

"You're Sun Wu?" The King looked him up and down. "You look like someone who only reads books."

Sun Wu bowed and said, "I've written a book of war. It has thirteen chapters."

He took out a bundle of bamboo slips, tied neatly with string, and held them out with both hands.

The King took them and began reading. At first, he didn't care much, but as he read, he became more serious. He frowned, nodded, and thought.

The king said, "'War is a great matter for the state.' You're right—war is about life and death." For the first time, the King looked at Sun Wu with different eyes.

"You don't think the same way as the others. You speak of 'winning without fighting' and 'knowing before acting.' I've never heard this before."

Sun Wu nodded. "It's not that you can win with more people, and it's not that you can win if you're strong. What matters is the method, the timing, and the human heart."

The King walked to the window and looked at the army camp far away. "We've fought Chu for years and haven't won. Maybe we've made mistakes."

He turned back to Sun Wu, frowning slightly. "But you only wrote a book. Can you really lead troops?"

Sun Wu replied, "I've studied war since I was a boy. I believe I can use what I wrote and try it."

The King sat down and said nothing. He stared at the thirteen bamboo chapters, unsure. He looked at Wu Zixu. "You've followed me for years and never lied. Do you truly believe in him?"

Wu Zixu nodded. "I've met many war thinkers. Only he makes sense. I trust him."

The King laughed. "Then how do we test him? I can't just send him to battle today."

Sun Wu looked at the King and said seriously, "I don't need to go to war. Just give me some people, and I'll show you my words are true."

The King was curious. "Oh? Do you want to try? Who do you want?"

Sun Wu said softly, "The palace women."

The King paused, then burst out laughing. "You want to make them soldiers? They only know how to sing and dance!"

Sun Wu calmly said, "Anyone who can follow orders can become a soldier."

The King laughed. "Fine. I'll give them to you. You train them." He looked at Sun Wu, with a playful look in his eyes. "Let's see if your 'Art of War' book works on these girls."

Chapter 5: Palace Women Become Soldiers

Early the next morning, Sun Wu stood quietly in the courtyard in front of the palace. The sky was still dark, but he was already there. A light breeze blew, and the ground was wet with dew. Soldiers had lined up early, waiting for training to begin.

The palace doors slowly opened, and one hundred palace women came out. They were neatly dressed, no longer in dance clothes but in plain training clothes. As they walked, they whispered to each other and laughed, still curious about what was to come.

Sun Wu didn't smile or speak. He just watched them silently. Only after they stood still did he step forward. He said, "Today, you will not sing, and you will not dance. You will learn to follow orders and train like soldiers."

Hearing this, a few of the women giggled. One whispered, "We are women, we don't really go to war. Why do we need to learn this?"

'Sun Wu looked at them and said, "If soldiers are trained to follow orders in peacetime, then the people will obey. If you don't train in peacetime, then the people will not obey."

Then, he explained basic military rules, what it means to turn left or right, to go when told, to stop when ordered. He chose two of the king's most beloved wives to be team leaders and asked them to stand in front to lead the others.

During the first practice, some misunderstood the directions, some turned too slowly, and some kept giggling. Sun Wu didn't get angry. He explained again.

During the second try, a few women became more serious, but many still talked or moved around. Sun Wu's face grew stern. He paused and glanced at the king.

King Helü laughed and said, "That's enough. They are just palace girls. Don't be so serious."

Sun Wu didn't smile. He turned to the two team leaders. "If they do not understand the orders, the fault is mine. But after three times, if they still fail, the fault is theirs."

After hearing that, the women's expressions changed. They realized Sun Wu was serious.

Sun Wu gave the order again. This time, most of them followed well. The movements were sharp, and no one laughed.

He nodded and said, "Good. This is what a real army looks like."

King Helü sat upright, the smile gone from his face. He hadn't expected the women to begin acting like real soldiers. He murmured, "Maybe… he really can lead an army."

Training lasted until noon. The sun was strong, and the weather was hot. But Sun Wu noticed that the two team leaders were still not taking it seriously. They whispered and laughed, acting as if Sun Wu didn't matter. Seeing this, the other women also began to laugh and train carelessly. They whispered and laughed, as if they didn't take him seriously. The other women saw this and also started laughing and talking, not practicing carefully.

Sun Wu stopped and looked seriously at the two team leaders. They were the King of Wu's most beloved wives. Sun Wu said angrily, "The orders were clear, yet you still acted like this. That means it is the leaders' fault." He immediately ordered the soldiers to execute the two women. Everyone was terrified and shocked.

The King of Wu stood up, wanting to stop him. But Sun Wu looked at him and said, "A soldier's orders cannot be changed! Your Majesty, do you want an army that follows orders, or two wives who don't obey?" The king was stunned for a moment, not knowing how to answer. After that, no one dared to laugh again, and everyone began to train seriously.

At last, he turned to the king and said, "When leading an army, we don't care who they are. We only care if they obey orders. If the heart is right, anyone can be a soldier."

King Helü said nothing. He stood up, walked down the platform, looked at Sun Wu, then at the women standing straight. Finally, he turned to leave, saying only, "You'll lead the army next time."

Chapter 6: The State of Wu's First Campaign

Sun Wu stood before the map, looking at the small flags placed on the table. He had already been in the State of Wu for a year. The King of Wu was pleased with how he trained the army, and many officials had begun to look at him differently. Now, the real opportunity had come.

The State of Wu was about to send its army.

This time, the target was a small city in the State of Chu. It was not a big battle, but it was Sun Wu's first time leading real soldiers in war. The King of Wu wanted to see if he could really perform well on the battlefield.

Sun Wu did not rush to agree. He asked many questions, How high was the city wall? Was there water outside? How many enemy soldiers were there? Were the people in the city afraid of us?

Wu Zixu said to Sun Wu, "Everyone wants to see how you fight. You must win."

Sun Wu nodded, but he understood clearly in his heart that war was not just about courage. He thought it through carefully. He knew this battle was to show the King, the nobles, and the soldiers what he could do.

On the day of departure, the sky had not yet brightened. Sun Wu wore light clothing and led the troops out of the city. He asked the troops to march in neat order, without talking, without laughing, and without making unnecessary movements.

They walked far on the first day. Many soldiers' feet hurt, and someone quietly complained, "This isn't war, it's hiking in the mountains!" But no one dared speak loudly. That night, Sun Wu arranged for people to find water and cook. He ordered soldiers to take turns guarding the camp. He did not sleep himself but sat by the fire, studying the map.

The next day, as they approached the enemy city, Sun Wu stopped. He did not attack right away. Instead, he divided the troops into three groups. One climbed the hill from the west, one followed the river from the south, and he led the last group from the middle.

He ordered the soldiers to light fires at night and spread them apart, making it seem like there were many soldiers. He also had them pretend to cook, creating many fires, which made it appear as if they were preparing for a big battle. The next day, he told everyone to put out the fires and not cook, making the enemy think Wu's army had no food and didn't want to fight.

On the morning of the third day, the enemy relaxed and even sent people out to get water. Sun Wu gave the order to strike quickly. The troops from the left and right moved at the same time and soon broke into the city. The enemy was unprepared and panicked. Sun Wu entered the city without killing many people, only capturing a few leaders. He ordered the soldiers to reassure the local people, forbidding them from entering homes or taking anything.

A soldier secretly hid some items taken from the local people. Sun Wu discovered it and called the man out in front of everyone.

He said, "Winning in war does not only depend on the sword, but also on the people's hearts. A soldier who steals is not a good soldier." He ordered the soldier to return the items and apologize in front of everyone.

After the battle, Sun Wu explained his methods in the city. He said, "Whether the enemy is strong or not depends not only on their swords and men, but also on their hearts and their eyes. As long as you can see clearly, think quickly, and act accurately, you will win."

The message reached the King of Wu. He laughed three times and said, "This is truly a man who can lead an army."

Chapter 7: The Strategy to Weaken the State of Chu

Sun Wu stood in the Wu army camp, looking at the distant mountains. In his heart, he knew quite clearly, if Wu wanted to truly become a strong state, it had to defeat the State of Chu.

But the State of Chu was too big, with many soldiers and vast territory. If they fought a frontal war, the State of Wu would have no chance to win. Sun Wu did not want to trade many lives for an uncertain victory. He began to think of other ways.

He studied maps and looked at Chu's rivers and roads. He also sent people to ask merchants how many people were in Chu, where their soldiers were strong, and where the people were unhappy.

He told the King of Wu, "To fight Chu, we must not be in a hurry. We must make them tired. Make them run every day, fear every day, not know where we are, or if we will attack."

The King of Wu said, "Your words are unusual, not like other generals. But I believe you."

Sun Wu began to act. He split the army into several teams, each one sent to a different location, sometimes in the north, sometimes in the south. Each time Chu's army heard that Wu's army had come, they rushed to prepare. Sometimes they sent troops, sometimes they guarded cities, but they never saw Wu's main force.

Chu's army was tense every day, their bodies tired and their hearts in turmoil. They began to ask, "What does Wu's army want? Why do they come and go, come and go?"

Sun Wu then had people spread false news that Wu's army would attack a big city in the middle. Chu's army heard and quickly moved troops there. But when they arrived, they found nothing.

After three months like this, Chu's forces were scattered, and the people were uneasy. Some began to flee the cities, and merchants dared not travel. The King of Chu was annoyed. He said to his ministers, "Wu's army never attacks, they just keep us moving. What are they trying to do?"

At this time, Sun Wu sent an envoy to the State of Chu and said, "The army of Wu is fully prepared. But we do not wish to fight a battle that will bring suffering to the people, nor do we want to fight a meaningless war. Our restraint is giving you a chance."

After this message spread, there was even more unrest inside Chu. Some began to doubt the king's ability, and others said Sun Wu was too frightening, not like a young general.

The King of Wu asked Sun Wu, "Can you fight now?"

Sun Wu smiled and said, "Their hearts are already in chaos. We don't need to hurry. Let them grow tired for one more month. Then, they will defeat themselves."

Chapter 8: The Great Victory at Boju

The Wu army kept preparing. They didn't attack right away, but slowly wore down Chu, making their army tired and confused. After a few months, Chu was exhausted. Many soldiers wanted to go home. Many didn't want to fight anymore.

At that time, Sun Wu told the King of Wu, "Now is the time to fight. Let's go to Boju. The Chu army there is not strong."

The king nodded, and Sun Wu led the army out. They moved quickly but quietly. When they were close to Boju, Sun Wu let the soldiers rest at night and march in the morning. He said, "We want them to think we are not coming."

The Chu army heard the Wu army was coming, and quickly went to Boju. They thought Sun Wu would leave again, and not fight. The Chu generals didn't make the soldiers prepare well. They said, "They will come and go. Don't worry."

But this time was different.

Sun Wu told his men not to light fires or speak at night. When the sky just became light, he had the soldiers move out, cross the river, and go into the mountains. Behind the mountain was Boju.

To avoid being found, Wu soldiers wrapped their weapons in cloth at night and tied cloth to their feet to keep quiet. Once they reached the pass, they got ready to fight. Everyone knew his job.

Some held shields, some took bows, some carried fire.

While Chu soldiers were eating, they heard shouting outside. They ran out and saw the Wu army! Many Wu soldiers had already entered the city gate.

The Chu soldiers tried to hold their ground, but their hearts were in chaos. Some said, "Why are they here?" Others said, "Didn't they say they wouldn't come?" Some ran, some dropped their weapons.

Sun Wu's soldiers were already prepared. They split into three groups, one entered from the front, one from the east, and one from the back. The Chu soldiers were thrown into chaos.

It was raining and the ground was slippery. The Wu army stayed calm because they had trained well. They took Boju in little time.

After the battle, Sun Wu did not let his soldiers take things or hurt the people. He said, "We fight to make the country better, not to take things for ourselves."

After winning, he had the soldiers clean the field and care for the wounded. He wrote a letter to the King of Wu, saying, "We have won the battle. Please take care, and don't celebrate too soon."

This victory made Chu extremely afraid, and other countries learned of Sun Wu. The King of Wu was quite happy and said, "It's great that we have you in our country!"

After that, many people began to study Sun Wu's ways. Many young people wanted to become soldiers and follow him.

This battle showed everyone that war is not just about having more people, but about how to fight. Sun Wu used his method to win this battle and make Wu stronger.

Chapter 9: Wine and Morale

*The Commander has wisdom, integrity,
benevolence, courage and rigor.*

The Art of War, Chapter 9

After the great victory at Boju, the Wu army kept moving forward, taking several important places in the State of Chu. But the State of Chu had not yet been fully defeated—there were still many enemy forces in other regions. Everyone knew that another big battle was coming soon. That night was the eve of another new battle. The wind was strong, and there were no stars in the sky. The camp was quiet, with only soft steps from soldiers. Sun Wu sat in the main tent, with a map in his hand. His brow was furrowed. He knew this battle was not only against Chu, it was also a big test for himself.

Some soldiers spoke quietly. One said, "We will fight tomorrow. I'm a little scared." Another asked, "Can we really win?" The generals heard this and quickly told Sun Wu.

After hearing this, Sun Wu put down the map and said, "Tonight we will do something special."

When it got dark, a message went out, "All soldiers assemble." Everyone was confused. They didn't know why.

The soldiers stood in lines. Sun Wu walked in front of them. He didn't ride a horse, and he didn't wear special clothes. He held a pot of wine in his hand.

He walked to the first row, poured wine into a wooden cup, lifted it, and said, "This cup of wine is for you. You have worked hard."

He drank the wine, then poured another cup.

"This battle is very important," he said. "But I know you are not afraid of the enemy. You are afraid to fail. You are afraid you cannot go home, afraid you will not see your families again."

When the soldiers heard this, some had tears in their eyes.

Sun Wu continued, "I am not someone who only wants to win. I want you all to get home safely. So today, I drink wine with you. I speak with you."

He moved to the next row and poured more wine. In each row, he spoke some words. He said they trained well, they were the best soldiers, and he believed in them.

The wine was soon gone, but every heart was warm.

Then, a young soldier shouted, "General, we are not afraid! As long as you are at the front, we'll follow you!"

The others shouted too, "We will win! We are not afraid!"

Sun Wu nodded and said, "Good. Tomorrow you walk with me. We will not run. We will not lose. We will win."

That night, the soldiers went back to their tents. They talked softly about what just happened. One said, "The general is different. He doesn't just send us to fight, he thinks about us." Another said, "This time I will fight hard. I don't want to let him down."

At dawn, the soldiers were dressed and ready. Their faces were bright. There was fire in their eyes. The other generals saw this and were happy. They said to Sun Wu, "You are not just someone who knows war. You know how to lead people."

The battle had not yet begun, but the heart of Wu's army was already on fire. They believed that if they followed Sun Wu, they would not lose.

Chapter 10: Taking a City Without Fighting

*Therefore, a hundred victories in a hundred
battles is not the greatest good
Subduing the enemy's army without battle is
the greatest good*

The Art of War, Chapter 10

After defeating the Chu army, Wu's forces continued advancing into central Chu. Along the way, they met little resistance. Many Chu soldiers had already fled. In some places, not even a gate guard remained. Everyone said, "We've won!"

But there was no smile on Sun Wu's face. He knew the real challenge was just beginning. Defeating the enemy wasn't hard; the hard part was knowing how to treat a defeated country and win over its people.

"Today we march into Chu, and tomorrow we can march into other states," Sun Wu said to his generals. But if we burn their cities and take their goods, they'll hate us. They won't fear us, they'll want to fight back."

He gave an order, Soldiers must not enter homes or touch the people's belongings. Anyone who disobeyed would be punished immediately. At first, some soldiers didn't understand. They said, "We've been fighting for over a year. We finally won. Can't we take a little something?"

Sun Wu replied, "This isn't just war — it's about being a person. If you take from someone today, tomorrow they will raise a knife against you."

The army laws spread quickly. After a few disobedient soldiers were punished, everyone became more disciplined.

One day, the army reached a large city. Its gates were open, and all was quiet inside. Sun Wu ordered the troops to stay outside. He entered with a few generals and saw many townspeople standing along the street, fear written on their faces. He said nothing, just nodded, and turned to leave.

The next day, the townspeople saw that Wu's troops had neither entered nor burned anything or taken goods. Many were surprised. An old man whispered to the person next to him, "I thought they'd burn things like others, but they did nothing."

On the third day, Sun Wu posted a notice outside the city. It read, "We are not here to fight you. Obey our commands and we will not harm you."

After that notice was posted, more and more people came out of their homes and through the gates. Some brought food to the soldiers. Some children even chatted with them. Wu's generals were surprised. They said, "We didn't fight them, and now they want to help us?"

Sun Wu said, "This is the best kind of victory. When a country obeys without battle, that is supreme art of war."

Later, the city surrendered its troops and sent water and food to Wu's army.

In this campaign, Wu took a major city without a single sword or arrow. Other cities soon followed, choosing to surrender as well.

Sun Wu stood on a high ground, looking into the distance. He knew this was true victory, not just over bodies, but over hearts.

Chapter 11: The King's Arrogance

Have your army led by a commander, not the ruler

The Art of War, Chapter 11

The state of Wu had just defeated the state of Chu, and many cities had been captured. When villagers saw the Wu army arrive, they opened their gates and sent food and clothing.

The soldiers lined up neatly, followed orders, and were full of confidence. In the streets, people shouted, "King of Wu is wise and wins every battle!"

The King of Wu was pleased. Every day he held banquets in the palace, invited singers and dancers, and had craftsmen make large banners reading, "Wu cannot be defeated."

The ministers surrounded him and none dared to speak against him; they all said, "The King of Wu is the greatest under heaven!"

Sun Wu was invited into the palace many times to give advice. He respectfully said, "Your Majesty, although we have defeated Chu, dangers still exist at the border. We should attend to domestic affairs first, such as repairing roads and listening to the opinions of the people and the soldiers, before discussing matters of war."

The King of Wu was not pleased; he waved his hand and said, "Don't talk so much! I just want Wu to become stronger and let everyone know our power!"

From then on, no one in the hall dared to speak the truth.

Military rules began to loosen; soldiers trained less and did not drill at night. In the fields, farmers were unhappy because they had to give too much grain, but they had no way to tell the officials about their difficulties. Later, a small enemy force came to the border town to test Wu's strength. The city commander quickly wrote for help, but the main army still did not arrive. Supplies ran out in the city; the soldiers were tired, many were injured, and they could only hide behind the walls. After testing for a while, the enemy withdrew, but the city was in chaos. Many rooftops were damaged, and the villagers ran from the gates crying out for the army to come.

When the news reached the capital, the King of Wu still did not care. He sat on his throne and heard someone say, "That was just a small test; Your Majesty need not worry." The King of Wu smiled and said, "The garrison was scared. After a while they'll steady themselves, and we don't need to rush to send help."

Sun Wu heard this and his heart felt heavy. He said to Wu Zixu, "A state that hears only praise and not the truth will one day fall into chaos. If it does not change now, big problems will arise."

Wu Zixu silently nodded but had no way to persuade him. Sun Wu knew staying here was no use, so he decided to return to the mountains. That night, he organized his bamboo strip books and the Art of War book, selected a few trusted disciples, and quietly left the capital.

At dawn they set out along a back road, In the morning mist, one could see Sun Wu in plain clothes, carrying bamboo books and walking steadily. Before leaving, he looked back at the beautiful palace and silently thought, "Truth may be invisible, but I have left it in people's hearts. I hope that in the future someone will pass it on with care."

He turned and walked into the mountains, and the mist quickly
enveloped him.

Chapter 12: Retiring After Victory

After leaving the capital, Sun Wu returned to the valley where he had lived in his youth. He found a flat piece of land and built several small huts made of wood and grass. In front of the huts, he laid large stones on the ground as tables and placed flat stones nearby where students could sit and listen. Every morning at sunrise, Sun Wu took out his bamboo slips to teach military strategy. The students sat on the stones and listened carefully.

He often said, "Know yourself first, then know the other side. War is not for oneself, but for the peace of the world." Gradually, more and more people heard that Sun Wu was teaching in the mountains, and some traveled for days to find him and learn. Some were soldiers, some were villagers, and some were young scholars who wanted to learn strategy as well as how to become a better person. Sometimes Sun Wu went down to the villages to teach people how to solve problems and how to speak kindly to one another.

He told his students, "Use what you learn. Only when used in life, it will not be forgotten." Later, more huts were built in the valley. Some were used to store books, others were classrooms. Wooden signs hung in front of the huts read, "Learn with care, act with care."

One day, a student came running and said, "Teacher, I heard the King of Wu has died. His son is now the king."

Another student added, "The new king listened to bad people and killed Wu Zixu."

Sun Wu listened but did not get angry. He only lowered his head in silence. He said slowly, "I have already left the court. I do not wish to get involved again."

A student asked, "Aren't you worried that Wu will grow weaker?"

Sun Wu said, "I only hope to leave the right teachings with you. The future depends on the hearts of the people."

After that, he worked even more seriously on organizing his military philosophy and writing down his life's experience.

Life in the mountains was quiet but meaningful. Every day people came to learn, and every day people took knowledge back with them. The huts, bamboo slips, stone tables, and those who studied with care all witnessed the final years of Sun Wu.

Chapter 13: The Legacy of the Art of War

One who does not understand the harm of
war
Cannot understand the benefits of war.

The Art of War, Chapter 13

Sun Wu grew older and weaker, but he still rose each morning to teach. The students took turns reading from his writings. Some spoke of battle methods, others of how to bring peace to a country. Sun Wu sat on a bamboo chair, listening and smiling.

"You've learned well. In the future, you can teach others," he said.

Later, Sun Wu often recalled how the King of Wu had grown proud after winning battles and stopped listening to advice. Wu Zixu had tried many times to speak up, but was still executed in the end. Each time he thought of this, Sun Wu felt deeply saddened.

"If a ruler only listens to flattery and not the truth, the country will surely decline," he told his students.

Other states sent envoys to invite him to leave the mountains and lead their troops, but he always refused. "My heart is not in court. I only wish to make the Art of War a useful teaching for all," he said.

He put his heart and soul into teaching. Sometimes he brought students down the mountain to help villagers settle disputes and calm their hearts.

One morning, the students found Sun Wu sitting in his chair with his eyes closed and a peaceful smile on his face. He had quietly passed away.

The students made a small stone monument in the valley and carefully preserved his writings in the hut.

A few years later, news came that State of Wu had been defeated and destroyed by the State of Yue, a small state it had long looked down on. The King of Wu, foolish and unwise, committed suicide after his defeat.

The students were silent when they heard this. They knew their teacher had seen it coming.

The Art of War was slowly passed to many countries and translated into many languages. People realized that the teachings were useful not just in war, but in daily life.

A hundred years later, one of Sun Wu's descendants named Sun Bin grew up reading the Art of War and many old books, and he too became a famous strategist. He added to the old military methods, and later people often confused Sun Wu and Sun Bin.

Although people have long forgotten what Sun Wu looked like, his teachings remain in their hearts.

Glossary

These are all the Chinese words used in this book, other than proper nouns and the words used in poems at the start of each chapter.

Chinese	Pinyin	English
啊	à	ah, oh, what
爱	ài	love
按	àn	according to
安定	āndìng	stable, at peace
安静	ānjìng	quiet, peaceful
安排	ānpái	to arrange
吧	ba	(indicates assumption or suggestion)
把	bǎ	(measure word for gripped objects)
八	bā	eight
把酒	bǎ jiǔ	raise one's winecup
爸爸	bàba	father
白	bái	white
败	bài	defeat
柏	bǎi	cypress
百	bǎi	hundred
百姓	bǎixìng	common people
办	bàn	to do
办法	bànfǎ	method
绑	bǎng	to tie
帮(忙)	bāng (máng)	to help

帮(助)	bāng (zhù)	to help
包	bāo	to wrap, bag
包住	bāo zhù	to enclose
抱怨	bàoyuàn	to complain
保重	bǎozhòng	take care
宝座	bǎozuò	throne
背	bèi	back
被	bèi	(particle before passive verb)
北	běi	north
杯	bēi	cup
碑	bēi	monument
本	běn	(measure word for books)
比	bǐ	compared to, than
必(须)	bì (xū)	must
变	biàn	to change
扁	biǎn	flat
边	biān	side
变化	biànhuà	change
边境	biānjìng	border
别	bié	do not, other
病	bìng	sick, illness
兵	bīng	soldier
兵法	bīngfǎ	military method
兵力	bīnglì	troops
兵器	bīngqì	weapons
陛下	bìxià	your majesty
闭着	bìzhe	closed

笔直	bǐzhí	straight
不	bù	no, not, do not
布	bù	cloth
部	bù	division
补	bǔ	to mend, to make up
补充	bǔchōng	to add
不管	bùguǎn	don't care
不仅	bùjǐn	not only
不许	bùxǔ	not allowed
才(能)	cái (néng)	can only, talent
藏	cáng	to hide
草	cǎo	grass, straw
常	cháng	often
场	chǎng	(measure word for public events)
唱(歌)	chàng (gē)	to sing
朝	cháo	dynasty
呈	chéng	to present, to submit
城(市)	chéng (shì)	city
成(为)	chéng (wéi)	to become
沉默	chénmò	silent
沉重	chénzhòng	heaviness
吃(饭)	chī (fàn)	to eat
吃惊	chījīng	to be surprised
处	chù	location
出	chū	out
传	chuán	to pass on, to transmit
穿(过)	chuān (guò)	to pass through

穿(上)	chuān (shàng)	to wear, to put on
穿(着)	chuān (zhe)	to wear
窗	chuāng	window
出发	chūfā	to set off
吹	chuī	to blow
处理	chǔlǐ	to deal with
出生	chūshēng	born
出现	chūxiàn	to appear
出行	chūxíng	to travel
次	cì	next in a sequence, (measure word for time)
从	cóng	from
从不	cóngbù	never
从没	cóngméi	never
聪明	cōngming	clever
从前	cóngqián	once upon a time
村子	cūnzi	village
错	cuò	wrong
大	dà	big
打	dǎ	to hit, to play
大臣	dàchén	minister
大殿	dàdiàn	main hall
带	dài	to carry, to lead, to bring
大家	dàjiā	everyone
打开	dǎkāi	to turn on, to open
但(是)	dàn (shì)	but
当	dāng	when
担心	dānxīn	to worry

倒	dào	to pour
到	dào	to arrive, towards
道	dào	path, way, dao, to say, (measure word for lines, orders)
刀	dāo	knife
到底	dàodǐ	finally
道理	dàolǐ	truth, reason
道歉	dàoqiàn	to apologize
大胜	dàshèng	victory
大声	dàshēng	loud
大小	dàxiǎo	size
地	de	(adverbial particle)
的	de	of
得	de	(particle showing degree or possibility)
的话	de huà	if
得到	dédào	to get
等	děng	to wait
灯	dēng	lamp
等待	děngdài	await
敌	dí	enemy
第	dì	(prefix before a number)
殿	diàn	hall
点	diǎn	point, hour
点头	diǎntóu	nod
调	diào	to move
叠	dié	(measure word for stacked items)
第二	dì'èr	second

地方	dìfāng	place
定	dìng	to decide
低声	dīshēng	to whisper
低头	dītóu	head bowed
地图	dìtú	map
弟子	dìzǐ	disciple
动	dòng	to move
懂	dǒng	to understand
东	dōng	east
东西	dōngxi	thing
动作	dòngzuò	action
斗	dòu	to fight
都	dōu	all
读	dú	to read
都城	dūchéng	capital
对	duì	correct, towards someone
队	duì	team
对方	duìfāng	counterpart
队伍	duìwǔ	troops
队长	duìzhǎng	captain
盾	dùn	shield
躲	duǒ	to hide
多	duō	many
多少	duōshǎo	how many
读书人	dúshūrén	student, scholar
耳(朵)	ěr (duo)	ear
而(且)	ér (qiě)	and

儿(子)	ér (zi)	son
法	fǎ	law, method
发(出)	fā (chū)	to send, to issue
反(对)	fǎn (duì)	to oppose
放	fàng	to put, to let out
访	fǎng	visit
方(向)	fāng (xiàng)	direction
房顶	fángdǐng	roof
方法	fāngfǎ	method
放松	fàngsōng	to relax
烦	fán	to annoy, to bother
翻译	fānyì	to translate
发生	fāshēng	to occur
发现	fāxiàn	to find out
非常	fēicháng	very
分	fēn	to share, to divide
分成	fēnchéng	divided into
风	fēng	wind
分开	fēnkāi	separate
分散	fēnsàn	scattered
服从	fúcóng	to obey
改	gǎi	change
该	gāi	should
盖(子)	gài (zi)	cover
干	gàn	to do
敢	gǎn	to dare
刚(才)	gāng (cái)	just, just a moment ago

高	gāo	tall, high
搞混	gǎohùn	confusing
告诉	gàosu	to tell
高兴	gāoxìng	happy
个	gè	(measure word, generic)
各	gè	each
给	gěi	to give
跟(着)	gēn (zhe)	with, to follow
更	gèng	more
宫	gōng	palace
弓	gōng	bow (for arrows)
攻	gōng	attack
恭敬	gōngjìng	respectful
工人	gōngrén	worker
工作	gōngzuò	work, job
古	gǔ	ancient
股	gǔ	(measure word for air, flows, …)
谷	gǔ	valley
挂	guà	to hang, to call
刮目相看	guā mù xiāng kàn	to take notice
管	guǎn	tube, to control, to manage
官(员)	guān (yuán)	official
广	guǎng	wide
光	guāng	light
广场	guǎngchǎng	square
关乎	guānhū	about
诡	guǐ	sly

归	guī	return
贵族	guìzú	aristocrat
过	guò	to pass, (after verb to indicate past tense)
国(家)	guó (jiā)	country
国王	guówáng	king
故事	gùshi	story
还	hái	still, also
孩(子)	hái (zi)	child
害怕	hàipà	fear, scared
喊(道)	hǎn (dào)	to shout
行	háng	row, line, element
好	hǎo	good, very
好奇	hàoqí	curious
和	hé	and, with
河	hé	river
喝	hē	to drink
黑	hēi	black
恨	hèn	hate
很	hěn	very
后	hòu	after, back, behind
后代	hòudài	offspring
后来	hòulái	later
壶	hú	pot
滑	huá	slippery
画	huà	to paint, painting
话	huà	word, speak
坏	huài	bad, broken

怀疑	huáiyí	to suspect
换	huàn	to exchange, to trade
还(给)	huán (gěi)	to return
回	huí	to return
会	huì	will, to be able to
挥(动)	huī (dòng)	to swat, to wave
回答	huídá	to reply
昏庸	hūnyōng	foolish, incompetent
火	huǒ	fire
急	jí	urgent
计	jì	plan
记	jì	remember
几	jǐ	several
假	jiǎ	fake
家	jiā	family, home
假话	jiǎhuà	lie
件	jiàn	(measure word for clothing, matters)
建	jiàn	to build
间	jiān	(measure word for room)
见(面)	jiàn (miàn)	to see, to meet
简单	jiǎndān	simple
将	jiàng	general, high ranking officer
讲	jiǎng	to speak
将	jiāng	shall
讲课	jiǎngkè	lecture
将来	jiānglái	future
建议	jiànyì	to suggest, suggestion

见证	jiànzhèng	to witness
叫	jiào	to call, to yell
教	jiào	religion
脚	jiǎo	foot
交	jiāo	to hand in
骄傲	jiāo'ào	proud
脚步	jiǎobù	footsteps
交出	jiāochū	surrender
叫声	jiàoshēng	cry
家人	jiārén	family, family members
基本	jīběn	essential
街(道)	jiē (dào)	street
接(过)	jiē (guò)	to take
结果	jiéguǒ	result
解决	jiějué	to solve, settle, resolve
集合	jíhé	to gather, gathering
机会	jīhuì	opportunity
纪律	jìlǜ	discipline
急忙	jímáng	hastily
进	jìn	to advance, to enter
紧	jǐn	tight, close
静	jìng	quiet
进攻	jìngōng	offensive
经验	jīngyàn	expcrience
今天	jīntiān	today
今晚	jīnwǎn	tonight
紧张	jǐnzhāng	nervous, tension

技巧	jìqiǎo	skill
就	jiù	just, right now
旧	jiù	old
久	jiǔ	long
九	jiǔ	nine
酒	jiǔ	wine, liquor
就要	jiù yào	about to
继续	jìxù	to continue
急着	jízhe	anxious
句	jù	(measure word for word, sentence)
举(起)	jǔ (qǐ)	to lift
觉得	juéde	to feel
决定	juédìng	to decide
军(队)	jūn (duì)	army
军营	jūnyíng	barrack
开	kāi	open
开篇	kāipiān	opening
开始	kāishǐ	to begin
看	kàn	to look
看不见	kàn bu jiàn	look but can't see
看不起	kàn bu qǐ	despise
看见	kànjiàn	to see
看起来	kànqǐlái	it looks like
看守	kānshǒu	watchman
看重	kànzhòng	value
靠	kào	to depend on, to lean on
考验	kǎoyàn	trial, ordeal

可能	kěnéng	maybe
可怕	kěpà	frightening, terrible
可是	kěshì	but
可以	kěyǐ	can
块	kuài	(measure word for chunks, pieces)
快	kuài	fast
哭喊	kūhǎn	cry
来	lái	to come
老	lǎo	old
老将	lǎojiàng	veteran
老师	lǎoshī	teacher
了	le	(indicates completion)
乐	lè	happy
累	lèi	tired
泪水	lèishuǐ	tears
愣	lèng	stunned
冷	lěng	cold
立	lì	to stand
理	lǐ	reason
里	lǐ	inside, Chinese mile
里(面)	lǐ (miàn)	inside
连	lián	even, to connect
练	liàn	to train
脸	liǎn	face
亮	liàng	bright
两	liǎng	two, chinese ounce
粮食	liángshi	grain

脸色	liǎnsè	complexion
练习	liànxí	to exercise
了解	liǎojiě	to learn
列队	lièduì	lined up
厉害	lìhài	sharp, intense, ferocious
离开	líkāi	to leave
临	lín	just before, about to
另	lìng	another
流	liú	to flow
六	liù	six
留(下)	liú (xià)	to keep, to leave behind, to stay
留住	liúzhù	to keep
漏水	lòushuǐ	leaking
路	lù	road
乱	luàn	chaotic, messy, confused
轮流	lúnliú	in turn
露水	lùshuǐ	dew
吗	ma	(indicates a question)
妈妈	māma	mother
慢	màn	slow
满满	mǎnmǎn	full
满意	mǎnyì	satisfaction
马上	mǎshàng	immediately
没	méi	no, not have
每	měi	every
眉头	méitóu	brow
没有	méiyǒu	no, not have

们	men	(indicates plural)
门	mén	door, gate
面	miàn	side, surface, noodles, face, (measure word for flat things)
面对	miànduì	to face
灭	miè	to extinguish
民	mín	people
明	míng	bright
命	mìng	life
名(字)	míng (zi)	first name, name, (measure word for an occupation or profession)
明白	míngbai	to understand, clear
命令	mìnglìng	command
明天	míngtiān	tomorrow
默默	mòmò	silently
木(头)	mù (tou)	wood
拿	ná	to take
那	nà	that
那里	nàlǐ	there
哪里	nǎlǐ	where
那么	nàme	so then
南	nán	south
难	nán	difficult, rare
难过	nánguò	to be sad or sorry
哪儿	nǎr	where?
那样	nàyàng	that way
内部	nèibù	interior
内乱	nèiluàn	civil strife

能	néng	can
能力	nénglì	ability
你	nǐ	you
年	nián	year
年纪	niánjì	age
年轻	niánqīng	young
鸟	niǎo	bird
您	nín	you (respectful)
农民	nóngmín	farmer
女	nǚ	female
哦	ó, ò	oh?, oh!
怕	pà	afraid
排	pái	row, (measure word for row)
牌	pái	sign
旁边	pángbiān	beside
跑(步)	pǎo (bù)	to run
疲	pí	weary
片	piàn	(measure word for flat objects)
篇	piān	(measure word for papers with words)
漂亮	piàoliang	beautiful
平	píng	flat
平安	píng'ān	peaceful
平静	píngjìng	calm
平时	píngshí	usually
破	pò	to break
铺	pū	to spread
骑	qí	to ride (animal)

齐	qí	even
起	qǐ	from, up
七	qī	seven
旗(子)	qí (zi)	flag
前	qián	in front, before, side
墙	qiáng	wall
抢	qiǎng	to rob
枪	qiāng	spear, gun
强(大)	qiáng (dà)	powerful
前夜	qiányè	evening
悄悄	qiāoqiāo	quietly
奇怪	qíguài	strange
起来	qǐlái	(after verb, indicates start of an action)
请	qǐng	please
轻	qīng	lightly
清(楚)	qīng (chu)	clear
清理	qīnglǐ	clean
庆祝	qìngzhù	to celebrate
亲戚	qīnqi	relative
其他	qítā	other
妻子	qīzi	wife
去	qù	to go
劝	quàn	to advise
劝说	quànshuō	to persuade
却	què	but
让	ràng	to let, to cause
然后	ránhòu	then

热	rè	heat
人	rén	person, people
人才	réncái	talent
仍	réng	still
认识	rènshi	to understand
认真	rènzhēn	serious
日(子)	rì (zi)	day, days of life
入	rù	enter
如果	rúguǒ	if
弱	ruò	weak
三	sān	three
色	sè	color
杀	shā	to kill
山	shān	mountain
上	shàng	on, up
伤	shāng	to injure
上前	shàngqián	advance
商人	shāngrén	merchant
伤心	shāngxīn	sad
少	shǎo	less
烧	shāo	burn
身(体)	shēn (tǐ)	body
生	shēng	to give birth, to grow out
声(音)	shēng (yīn)	sound
生活	shēnghuó	life
胜利	shènglì	victory
生气	shēngqì	anger

胜仗	shèngzhàng	victory
什么	shénme	what
身影	shēnyǐng	figure
十	shí	ten
世	shì	lifetime
是	shì	is, yes
试	shì	to try
时(候)	shí (hou)	time, moment, period
事(情)	shì (qing)	thing
石(头)	shí (tou)	stone
食(物)	shí (wù)	food
士兵	shìbīng	soldier
时机	shíjī	occasion
实力	shílì	strength
士气	shìqì	morale
试探	shìtàn	test
失望	shīwàng	disappointed
使者	shǐzhě	emissary
手	shǒu	hand
受(苦)	shòu (kǔ)	to suffer
守	shǒu	to defend, to guard, to keep
守规矩	shǒu guīju	be disciplined
书	shū	book
输	shū	to lose
双	shuāng	a pair
谁	shuí	who
水	shuǐ	water

睡(觉)	shuì (jiào)	to sleep
说(话)	shuō (huà)	to say
说笑	shuōxiào	joking
四	sì	four
死	sǐ	dead, to die
思考	sīkǎo	ponder
松	sōng	loose
送(给)	sòng (gěi)	to give a gift
素	sù	plain, vegetarian
岁	suì	years of age
虽然	suīrán	although
所以	suǒyǐ	so
所有	suǒyǒu	all
他	tā	he, him
她	tā	she, her
它	tā	it
太	tài	too
太阳	tàiyáng	sunlight
谈	tán	to talk
堂	táng	(measure word for classes)
叹气	tànqì	sigh
逃	táo	escape
讨论	tǎolùn	to discuss
特别	tèbié	special
疼	téng	pain
提	tí	to carry, to mention
天	tiān	day, sky

田地	tiándì	field
天气	tiānqì	weather
天上	tiānshàng	heaven
调皮	tiáopí	mischievous
跳舞	tiàowǔ	to dance
挑战	tiǎozhàn	challenge
贴	tiē	to keep close to, stick
停	tíng	stop
听	tīng	to listen
听话	tīnghuà	obey
听课	tīngkè	lectures
听说	tīngshuō	it is said that
头	tóu	head, (measure word for animal with big head)
偷	tōu	to steal
偷偷	tōutōu	secretly
投降	tóuxiáng	to surrender
图	tú	pattern, painting
退	tuì	to retreat
外(面)	wài (miàn)	outside
完	wán	finished
玩	wán	to play
晚	wǎn	late, night
晚饭	wǎnfàn	dinner
亡	wáng	death
王	wáng	king
忘	wàng	to forget
往	wǎng	to

完全	wánquán	completely
晚上	wǎnshang	evening, night
为	wéi	as
围	wéi	to surround
位	wèi	place, (measure word for people, polite)
微	wēi	small
为了	wèile	in order to
为什么	wèishénme	why
危险	wēixiǎn	danger
问	wèn	to ask
稳	wěn	steady
问题	wèntí	problem, question
我	wǒ	i, me
雾	wù	fog
屋	wū	house
屋顶	wūdǐng	roof
武器	wǔqì	weapon
洗	xǐ	to wash
西	xī	west
下	xià	down, under
吓	xià	to scare
下雨	xià yǔ	rain
先	xiān	first
像	xiàng	like, to resemble, statue
向	xiàng	towards
想	xiǎng	to want, to miss, to think of
想要	xiǎng yào	would like to

想法	xiǎngfǎ	thought
想起	xiǎngqǐ	to recall
相信	xiāngxìn	to believe, to trust
现在	xiànzài	just now
笑	xiào	to laugh
小	xiǎo	small
小考	xiǎokǎo	quiz
小路	xiǎolù	path
小声	xiǎoshēng	whisper
消息	xiāoxi	news
小心	xiǎoxīn	careful
下台	xiàtái	step down
写	xiě	to write
些	xiē	some
血	xiě, xuè	blood
谢绝	xièjué	to decline
喜欢	xǐhuan	to like
信	xìn	letter
心	xīn	heart/mind
新	xīn	new
行动	xíngdòng	action
行军	xíngjūn	march
行礼	xínglǐ	salute
兴趣	xìngqù	Interest
星星	xīngxing	star
辛苦	xīnkǔ	to work hard
信任	xìnrèn	to trust

信心	xìnxīn	confidence
修	xiū	to repair
休息	xiūxi	to rest
希望	xīwàng	to hope
选	xuǎn	to choose
许多	xǔduō	many
学(习)	xué (xí)	to learn
学生	xuéshēng	student
训练	xùnliàn	to train
需要	xūyào	to need
验	yàn	examine
宴(会)	yàn (huì)	feast
眼(睛)	yǎn (jing)	eye
眼神	yǎnshén	eyes
样(子)	yàng (zi)	appearance
研究	yánjiū	to study
要	yào	to want
摇(动)	yáo (dòng)	to shake or twist
夜	yè	night
也	yě	also
也许	yěxǔ	maybe, not sure
爷爷	yéye	grandfather
已	yǐ	already
一	yī	one
衣(服)	yī (fu)	clothes
意(思)	yì (si)	meaning
一个人	yí gè rén	alone

一点	yìdiǎn	a little
一定	yídìng	must
一共	yígòng	altogether
以后	yǐhòu	after
已经	yǐjīng	already
饮	yǐn	to drink
因(为)	yīn (wèi)	because
赢	yíng	to win
应(该)	yīng (gāi)	should
营地	yíngdì	camp
一起	yìqǐ	together
以前	yǐqián	before
一切	yíqiè	everything
一生	yìshēng	lifetime
以为	yǐwéi	to think, to believe
一下子	yíxiàzi	suddenly
一样	yíyàng	same
一阵	yízhèn	for a while, a gust (of wind)
一直	yìzhí	always, continuously
椅子	yǐzi	chair
用	yòng	to use
勇气	yǒngqì	courage
用心	yòngxīn	attentively
又	yòu	again, also
右	yòu	right (direction)
有	yǒu	to have
有道理	yǒu dàolǐ	reasonable

有时候	yǒu shíhou	sometimes
有意义	yǒu yìyì	make sense
有点	yǒudiǎn	a little bit
有名	yǒumíng	famous
有用	yǒuyòng	useful
语	yǔ	speech, language
遇(到)	yù (dào)	encounter, meet
愿	yuàn	sincere
远	yuǎn	far
原本	yuánběn	originally
院子	yuànzi	courtyard
月	yuè	month
越	yuè	more
预料	yùliào	anticipate
云	yún	cloud
再	zài	again
在	zài	in, at
在教	zàijiào	teaching
在意	zàiyì	care
早	zǎo	early
早上	zǎoshang	morning
早已	zǎoyǐ	already
怎么	zěnme	how
怎么样	zěnmeyàng	how about it?
站	zhàn	to stand
战(争)	zhàn (zhēng)	war
战场	zhànchǎng	battlefield

战斗	zhàndòu	fighting
仗	zhàng	battle
张	zhāng	open, (measure word for pages, flat objects)
章	zhāng	chapter
帐篷	zhàngpéng	tent
占领	zhànlǐng	occupied
战略家	zhànlüèjiā	strategist
战胜	zhànshèng	overcome
找	zhǎo	to search for
照顾	zhàogù	to take care of
着火	zháohuǒ	on fire
着急	zháojí	in a hurry
着	zhe	(indicates action in progress)
这	zhè	this
这里	zhèlǐ	here
阵	zhèn	(measure word for short-duration events)
真(正)	zhēn (zhèng)	true, real
正	zhèng	correct, just
整理	zhěnglǐ	tidy
争论	zhēnglùn	to argue
正面	zhèngmiàn	front
整齐	zhěngqí	neat
正确	zhèngquè	correct
整天	zhěngtiān	all day long
这样	zhèyàng	such
直	zhí	straight

只	zhǐ	only
纸	zhǐ	paper
之	zhī	of
支	zhī	(measure word for stick-like things, armies, songs, flowers)
直(接)	zhí (jiē)	directly, directly
知道	zhīdào	know
之后	zhīhòu	after, later
知识	zhīshi	knowledge
只要	zhǐyào	as long as
中	zhōng	in, middle
中部	zhōngbù	central
中间	zhōngjiān	middle
中午	zhōngwǔ	noon
重要	zhòngyào	important
终于	zhōngyú	at last
皱眉	zhòuméi	frown
竹	zhú	bamboo
住	zhù	to live, to hold, (verb complement)
主	zhǔ	host
抓	zhuā	scratch
转	zhuǎn	to turn
装	zhuāng	to fill
装作	zhuāngzuò	pretend
竹简	zhújiǎn	bamboo slips
主力	zhǔlì	main
准	zhǔn	to permit
准备	zhǔnbèi	to prepare

准备好了	zhǔnbèi hǎole	ready
桌(子)	zhuō (zi)	table
注意	zhùyì	notice
字	zì	written character
子	zǐ	child
自大	zìdà	arrogant
自己	zìjǐ	oneself
自杀	zìshā	suicide
总	zǒng	total
走	zǒu	to go, to walk
最	zuì	the most
最好	zuì hǎo	the best
最后	zuìhòu	at last
阻拦	zǔlán	block
阻力	zǔlì	resistance
做	zuò	to do
坐	zuò	to sit
座	zuò	seat, (measure word for mountains, temples, big houses)
左	zuǒ	left (direction)
做生意	zuò shēngyi	trade

About the Author

Lawrence Wang is a marketing leader, science writer, translator, and influential blogger with a global perspective. He has held senior management roles at several Fortune 500 multinational companies, leading marketing, e-commerce, and digital innovation initiatives. In addition to his corporate experience, Wang is a serial entrepreneur who has successfully launched ventures across media, education, and technology sectors.

As a regular contributor to China's largest youth science magazine, Wang shares engaging stories on science, technology, and society with young audiences. He has also been deeply involved in translation and knowledge sharing, organizing multiple TEDx events to promote cross-cultural communication and inspire public dialogue.

Beyond writing and marketing, Wang is a passionate content creator and photographer. His work has been featured by leading platforms such as Apple and TED, and he has built a large and loyal following across social media. Throughout his career, Wang remains committed to fostering creativity, education, and meaningful connections across cultures.

9 781959 043805